UNE HISTOIRE PEU ORDINAIRE

GUY CAPLAT

© 2025 Guy Caplat
Édition : BoD · Books on Demand,
31 avenue Saint-Rémy, 57600 Forbach,
bod@bod.fr
Impression : Libri Plureos GmbH,
Friedensallee 273, 22763 Hamburg
(Allemagne)
ISBN: 978-2-3225-6031-8
Dépôt légal : Avril 2025

*"Some stories are extraordinary.
Others are less so
but nonetheless deserve our consideration"
Edgar Allan Poe*

*"Certaines histoires sont extraordinaires.
D'autres le sont moins
mais méritent néanmoins notre attention"
(Trad. Charles Baudelaire)*

Paule

C'était hier.

Je disposais d'une paire d'heures et j'avais décidé de me balader dans Leu Nivo quartier formant avec Leu Quer le cœur du centre historique de Perd. Leu Nivo possédait le caractère oriental des anciennes colonies de l'Arabie Acétite et les traces de son passé étaient demeurées intactes malgré les cinq siècles écoulés depuis l'installation de ce comptoir commercial situé idéalement sur la Route de la Soie.

Je m'étais aventurée dans le dédale des ruelles de la vieille ville ce matin-là de février – sous ces latitudes, l'hiver ne se risquait jamais – et si ce n'était la fraicheur matinale qui embuait le souffle des quidams on aurait très bien pu se croire au milieu du printemps.

J'avais consciencieusement évité le quartier des tanneurs (l'odeur) et me trouvais maintenant dans le souk, rue Ibn Moussa (*'je me demande par quel miracle cette ruelle a pu recevoir la dénomination de rue'* me suis-je dit) et ses marchands d'articles de peausserie. Les rayons du soleil, obliques à cette heure-là, n'éclairaient que la moitié supérieure des façades d'un des côtés de la rue, le gauche pour être précis, et pénétraient par réflexion dans les échoppes en face, celles du côté droit.

Je déambulais tout en jetant un œil discret sur les étals qui se succédaient de part et d'autre de l'étroite voie que se partageaient les badauds et les chariots à bras tirés par des livreurs dépenaillés. Les boutiques déversaient jusque sur le trottoir leurs lots de marchandises. Amusée et curieuse je me suis approchée d'une échoppe où s'alignaient des centaines de sacs de marque, des Ralph Lauren, des Vuitton, des Armani, des Chanel, …

– Dix dromads, ce n'est pas cher. Touchez la qualité. Du pur veau, me dit un commerçant sortant de derrière un empilement de cartons et me fourrant entre les mains un magnifique sac Vuitton à rayures noires et blanches. Je me mis à tâter le sac et en effet son cuir était doux et soyeux. Je l'ouvris. Assez large pour tenir mon carnet de notes, une poche pour glisser plusieurs crayons, une autre pour le téléphone, *'Ma foi'*, me suis-je dit, *'pour dix dromads, je vais m'offrir ce sac. Je vais quand même tenter de faire baisser le prix !'*

– Je vois qu'il vous plait. Vous êtes ma première cliente de la journée et vous savez, la première cliente est sacrée. Je vous le fais à neuf dromads cinquante.

Avant de négocier j'avais déjà gagné un demi-dromad ! *'Félicitations, ma vieille !'* Tout excitée je me suis entendu dire :

– Neuf dromads.

– Vous alors, vous êtes dure en affaires ! C'est d'accord ; neuf dromads, me dit-il dans un large sourire. J'ai donné un billet de dix dromads, il m'a rendu la monnaie et j'ai poursuivi ma balade dans les ruelles du vieux Perd satisfaite de ma nouvelle acquisition.

Quelques mètres plus loin croisait la rue Ali Gator. Je m'y suis engagée. Là, ce n'était qu'un cortège d'échoppes de marchands de tapis. Des tapis, il y en avait partout, pendus à des cintres, étalés sur des cartons et couvrant le sol. Je les contournais pour éviter de les piétiner, reliquat d'un réflexe inscrit en moi depuis que, jeune enfant, je quittais mes chaussures avant de pénétrer dans la maison où habitaient mes grands-parents dans les faubourgs de Perd. Les tomettes du hall d'entrée, les parquets des chambres et de la salle de séjour, toutes les pièces à l'exception de la cuisine en étaient couvertes. Se déchausser sous l'œil approbateur de *Grand-mère* n'était pas une contrainte car c'était la promesse d'un plaisir, celui de marcher pieds nus sur un tapis et de sentir la souplesse et la chaleur de la laine sous mes orteils. Cette sensation, je l'avais encore en moi, et par un bizarre raccourci de pensée j'associais instinctivement la vue d'un tapis posé au sol à la douceur, à l'amour de mes grands-parents, au silence et à la sérénité qui régnaient dans leur maison.

La pièce que je préférais était la bibliothèque. J'y passais des moments délicieux en compagnie de *Grand-père*. *'A y repenser, mon goût pour la lecture puis ma vocation d'écrivaine date de cette époque-là'* me dis-je. Jeune, trop jeune pour lire, je feuilletais les livres que mon grand-père me commentait ; je l'écoutais avidement me raconter les récits les plus fantastiques. Plus tard, quand je sus lire, c'est allongée à plat ventre sur le tapis que j'en tournais les pages.

C'est dans cette position qu'un jour – le dernier passé dans le maison de mes grands-parents, j'avais huit ans – j'avais entendu tinter la cloche du portail, *Grand-mère* aller ouvrir la porte, une bruit sourd, un verre se briser au sol, un long silence, puis le déplacement d'une chaise dans la cuisine, le pas de *Grand-père* se dirigeant vers l'entrée, un bruit de chute, la porte qui se referme et à nouveau le silence … J'avais descendu les escaliers sachant par avance ce que j'allais découvrir : mes grands-parents gisant au sol. A leur vue je me suis évanouie. C'est sur le tapis couvrant le sol du hall de l'entrée que les voisins m'avaient découverte tenant encore en mains un livre maculé de sang, du sang de mes grands-parents qui formait deux taches rouges et incongrues sur la laine.

L'évocation de ce passé fut brutalement interrompue : « *Un beau tapis ?* ». Un homme se tenait devant moi, un tapis de prière roulé sur son épaule.

– *Cent dromads pour ce magnifique tapis.*

Cette intrusion dans ma rêverie cauchemardesque me désempara un instant. J'étais à la fois dans cette ruelle et dans la maison de mes grands-parents.

– *Vous allez bien Madame ?* me demanda-t-il sans se douter qu'il était à l'origine de mon trouble.

Quelques secondes se sont écoulées avant que je recouvre totalement la maîtrise de mes sens, aidée en cela par le va-et-vient de colporteurs, les marchands interpellant le chaland, la foule bruyante des passants, la réalité de la rue.

– *Quatre-vingts dromads.*

– *Désolée. Une autre fois peut-être,* lui ai-je répondu.

Besoin de quitter ce lieu. Besoin de me retrouver seule. J'ai parcouru la rue Ali Gator d'un pas rapide sans un regard sur les tapis qui ornaient les échoppes et sans prêter une oreille aux invitations des commerçants. J'ai enfilé la rue Ibn Fal Zar – renommée pour ses boutiques de fringues – et j'ai débouché sur la place Shah Nouan Kir – connue pour la qualité des cocktails jus de topinambour / crème de cassis servis dans ses bars. J'ai traversé la place sans me soucier du flot de mobylettes jonglant entre les voitures klaxonnantes. Devant moi un taxi était immobilisé dans le trafic de la circulation. J'ai ouvert la portière et je suis montée.

– *Où allons-nous ?* demanda le chauffeur.

– *Hôtel Beau Rivage.*

– *Bien Madame,* répliqua le chauffeur.

Durant le trajet j'ai eu le temps de retrouver mon calme. J'ai réglé la course, suis descendue du véhicule et je suis montée directement dans ma chambre.

C'était hier.

Ce matin le soleil pénètre par la vaste baie vitrée restée ouverte. Les senteurs d'eucalyptus se mêlent à l'air marin. Face à moi s'étale l'immensité de la mer Karpiskienne. Elle est très agitée. L'une après l'autre les vagues tentent de se suicider en se jetant sur les rochers bordant la plage, n'y parviennent pas et en ressortent blessées. Dans un dernier réflexe elles s'étirent lascivement sur le sable. C'est là que leurs suivantes, indifférentes à leur sort et sans aucun remord, viendront rouler sur leur dernier souffle de vie avant d'expirer à leur tour dans un léger bruissement.

Il est onze heures du matin en ce jour de février. Je suis assise à mon bureau. Sur ma table de travail est empilée une liasse de feuillets. C'est la version pour l'instant non achevée – en fait seuls les six premiers chapitres sont écrits – de mon prochain roman : « *Une taupe dans les topinambours* », celui qui sera envoyé aux éditions '*Source Claire*' et qui reviendra, j'en suis persuadée, avec le tampon '*Accepté*' accompagné d'un contrat à signer en double exemplaire. Ces pages deviendront un livre et, chers lecteurs, celui que vous tiendrez entre les mains et dont vous lirez cette préface.

« *Une taupe dans les topinambours* » ! Vous n'allez pas me croire, mais trouver un titre à cet ouvrage a été très facile. Je dirai même, une évidence ! Dès l'écriture de la première ligne il était présent. Pourquoi ? Parce qu'il s'agit d'un roman d'espionnage – mais cela, vous ne le savez pas encore – et parce que 1) 'taupe' est à la fois le nom d'un petit mammifère à la vie souterraine et la désignation d'un agent dormant, d'un espion infiltré au cœur d'un dispositif ennemi et que 2) le 'topinambour' est un tubercule dont est friande la taupe.

Si l'on rajoute que l'action se déroule en Karpiskie et que les pays de cette région – ainsi que la Corchine leur voisine – revendiquent la place de leader mondial dans la production de topinambours, vous comprendrez pourquoi ce titre s'est imposé de lui-même.

« Une taupe dans les topinambours » est mon deuxième roman. Il constitue un complément au premier intitulé *« L'Affaire Topinambour ».* Les deux forment un tout, un tout qui comme tous 'tout' est plus que la somme de ses parties car dans leurs interstices vont se glisser des compléments de sens, mais également un tout qui est moins que la somme de ses parties car dans tous 'tout' chaque partie perd dans sa liaison aux autres une part de sa liberté.

Bref. Pour ceux qui n'auraient pas encore eu l'occasion de lire *« L'Affaire Topinambour »*, je vais en faire ici une brève introduction. Brève et limitée car dans la mesure où *« L'Affaire Topinambour »* concourt dans la catégorie *'roman policier'* il ne faudra pas s'étonner que je n'en dévoile pas la fin.

Mais avant, chers lecteurs, il faut que vous sachiez que tout ce qui est raconté dans *« L'Affaite Topinambour »* et dans *« Une taupe dans les topinambours »* est véridique. Les personnages de ces romans ont réellement existé, sous d'autres noms naturellement pour préserver leur véritable identité (certains sont encore en activité). Je suis d'ailleurs l'un d'eux, ce qui fait de moi à la fois autrice et personnage de ces ouvrages autobiographiques.

Revenons-en au résumé tronqué de mon premier roman : *« L'Affaire Topinambour ».*

Nous sommes donc au cœur de la Karpiskie, région située à l'extrême Est du continent européen – plus à l'est c'est la Corchine (capitale Lim A Ongl) et le continent asiatique. La Karpiskie est bordée au sud et à l'est par la mer Karpiskienne, et du sud-ouest au nord-est par les Balkouilles, une haute chaîne de montagnes quasi-infranchissable – véritable frontière naturelle trouée par le seul col de Brajinsky – qui isole cette région du reste de l'Europe et de l'Asie. Entre la mer Karpiskienne et les Balkouilles une large plaine (le 'grenier de la Karpiskie') coulent les fleuves Prout et Dniepr et leurs affluents.

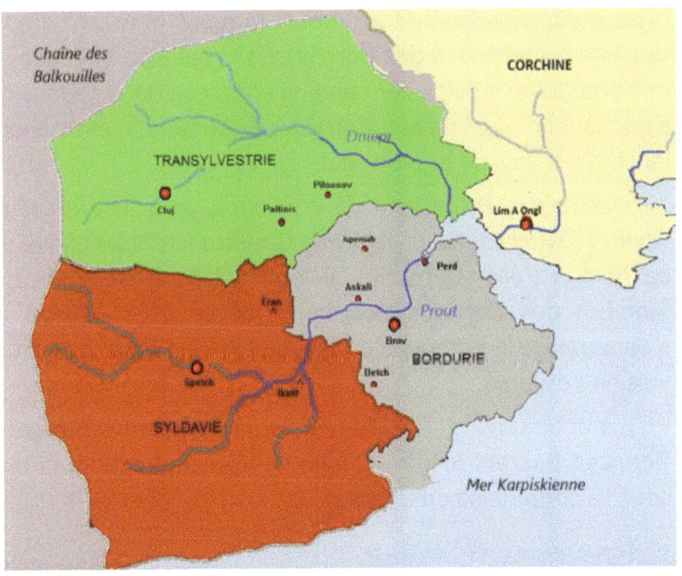

Trois pays composent la Karpiskie. Ce sont le Bordurie au Sud-Est (capitale Brnv), la Syldavie au Sud-Ouest (capitale Spetch) et la Transylvestrie au Nord (capitale Cluj). Notons que jusqu'à la Révolution du 18/02/1802 la Bordurie et la

Syldavie formaient un seul pays, le Royaume de Bordavie dirigé par Piotr IX.

L'action de « L'Affaire Topinambour » se déroule dans la cité balnéaire de Perd (Bordurie) en bord de mer Karpiskienne à deux périodes différentes : en mai 2004 à l'*Hôtel Beau Rivage*, et en février 2021 dans le même lieu devenu entre-temps *Domaine Beau Rivage*. On peut ajouter que ce lieu deviendra quelques années plus tard. une clinique, la *'Clinique Beau Rivage'*.

Mai 2004. A cette époque la Bordurie et la Syldavie se chamaillent : elles briguent toutes deux la place de premier producteur mondial de topinambours (sous le regard amusé des Transylvestres et des Corchinois) et cette compétition est une source de conflits permanents entre ces deux nations qui s'accusent mutuellement de trafics de semence, espionnage industriels, vols de brevets, etc.

Pÿa Tagluc, Professeur de Versionologie à l'Université de Spetch (Syldavie) est invité à une Conférence Scientifique qui se tient à Perd (Bordurie). Il loge à l'Hôtel Beau Rivage. Membre des Services Secrets Syldaves il est chargé de s'emparer de la formule d'un agent chimique employé par les voisins bordures.

Il a obtenu ce qu'il voulait et s'apprêtait à en informer les Services Secrets Syldaves quand il trouve une lettre glissée sous la porte de sa chambre :

Nous avons été trahis.
Fuyez mon ami, pendant qu'il est encore temps.
Vive la Syldavie, notre mère Patrie

Lucy

Taga Plucy, en tant que chef de la sécurité de l'*Hôtel Beau Rivage* propose à Pÿa de rédiger une lettre où il annonce son suicide avant de s'échapper par un tunnel secret qui le conduirait hors du domaine. Ainsi il passerait pour mort et ne serait plus poursuivi. Pÿa rédige la lettre :

> « Par ce message je vous annonce que je renonce à participer au 3ème Symposium de Versionologie, ainsi qu'à tous ceux qui suivront.
> Métro, Labo, Dodo, je ne supporte plus cette vie trépidante. Je n'ai pas de famille à chérir. Les vertes forêts de ma Syldavie maternelle resteront dans mon cœur au moment où je me jetterai dans les eaux profondes de la mer Karpiskienne.
> De grâce, gardez de moi le souvenir d'un homme intègre qui a consacré sa vie à la Science. Je ne doute pas un instant que la Versionologie connaîtra de beaux développements et laissera une trace indélébile dans l'épistémologie contemporaine.
> Adieu !
>
> Professeur Pÿa Tagluc »

mais au dernier moment il renonce à s'enfuir par le tunnel. Secrètement il rejoindra par lui-même la Transylvestrie voisine où il sera accueilli par une collègue, Agat Cyplu, Professeure de littérature à l'Université de Cluj. Ce qu'il ignore au moment de sa fuite, c'est qu'Agat Cyplu est également cheffe des Services Secrets Transylvestres.

Après une intervention de chirurgie plastique qui modifiera son apparence il vivra en Transylvestrie sous une nouvelle identité, celle de Paul Tagyc, et occupera un siège au sein de la prestigieuse Académie de Littérature Karpiskienne.

En février 2021 Agat Cyplu et Paul Tagyc (alias Pÿa Tagluc) se retrouvent au *Domaine Beau Rivage* pour participer à une Master-Class de Littérature d'une semaine en compagnie de quatre autres stagiaires, tous invités par le nouveau propriétaire du Domaine, Puyg Tacal, écrivain et directeur de la maison d'éditions *'Rivière Grise'*. Sont également présents au Domaine Taga Plucy, l'ancien chef de la Sécurité de l'*Hôtel Beau Rivage* devenu homme à tout faire au *Domaine Beau Rivage* ainsi que sa compagne Lucy. Un lieu clos, un crime (n'oublions pas que « *L'Affaire Topinambour* » est un roman policier), un enquêteur, naturellement plusieurs coupables potentiels, des rebondissements, mais … chut !

Mais, revenons à nos moutons. Je vous disais que le soleil pénétrait par la vaste baie vitrée de ma chambre d'hôtel, que les senteurs d'eucalyptus se mêlaient à l'air marin, que devant moi s'étalait l'immensité de la mer Karpiskienne, aujourd'hui agitée (vous vous souvenez : les vagues se jetant sur les rochers bordant la plage, etc), et que j'étais assise à ma table de travail sur laquelle sont posés les six premiers chapitres de « *Une taupe dans les topinambours* ».

Il est l'heure d'en poursuivre la rédaction. Mais avant, je dois me remettre dans l'ambiance. Je saisis les feuilles et commence à lire.

UNE TAUPE DANS LES TOPINAMBOURS

Chapitre 1

La nuit tombait accentuant l'épaisseur du brouillard qui avait déjà atteint le passage à niveau là-bas et s'en était pris à la baraque du garde barrière. La sonnerie répétée d'une cloche en fit sortir un homme. Il manœuvra vigoureusement une manivelle, fit descendre la barrière qui maintenant partageait en deux la route traversant la voie ferrée. Je m'attendais à voir cette route se défendre, tenter un mouvement pour contourner la barrière, voire s'agiter telle la queue abandonnée du lézard. Mais non. Elle accepta de se faire trancher sans broncher. Depuis toujours elle savait qu'après le passage du train elle retrouverait son intégrité. Le garde barrière rentra nonchalamment dans sa baraque.

Le brouillard avait ensuite enveloppé les voies et les quais pour enfin avaler le bâtiment qui servait de gare. Ne restait plus qu'une partie du sol visible autour d'un banc où un homme se tenait assis, éclairé par la faible lueur de la pendule. 19h10.

Nous n'étions que deux à attendre l'arrivée du train Konfitur → Spetch via Klafoutof. Au moment où le train surgit de l'épais voile de brouillard et s'arrêta dans un crissement de freins l'homme se leva du banc – grand sec, costume 3-pièces, chapeau melon, une canne à la main, un attaché-case dans l'autre, moustache à la Major Thompson. Il correspondait à la description que m'en avait faite la section infiltration des SSS (Services Secrets Syldaves). Son nom : Tomas Theufarszy. Sa fonction : Professeur à l'Université de Brnv et ... membre des SSB (Services Secrets Bordures). Sa couverture officielle : attaché scientifique en poste à l'ambassade bordure de Spetch. Ma mission : entrer en contact avec lui, gagner sa confiance et me faire recruter par les SSB ; une fois fait, récupérer le maximum d'informations et les communiquer à nos services. En somme, devenir agent double.

Ce n'était pas la première mission qui m'était confiée par les SSS. Ma fonction de Professeur d'Université titulaire de la double chaire de Versionologie et Intelligence Artificielle (ce qui me conduisait à traverser régulièrement les frontières pour participer à des congrès internationaux), mon carnet d'adresses où figurait ce qui se faisait de mieux dans le monde de la recherche scientifique karpiskienne et une fidélité absolue au drapeau syldave avaient convaincu les SSS de me recruter. Pour ma part, fier d'avoir été choisi j'avais immédiatement accepté la proposition : servir ma patrie, jouer à l'espion (pour moi, dans ma grande naïveté, il s'agissait d'un jeu, un peu de piment dans ma soupe quotidienne) et surtout, attiré par le goût du secret, savoir qu'une partie de ma personnalité était cachée des autres, ce qui me donnait le sentiment d'être 'plus' que ce que je montrais de moi. J'étais sans contraintes familiales, parents décédés et fils unique, célibataire, autrement dit mobilisable 24/24, 7/7, 52/52.

Les première missions s'étaient déroulées parfaitement. Il s'agissait essentiellement de recueillir des données sur les avancées technologiques de nos concurrents. Lors des différents symposiums qui se tenaient alternativement à Brnv, Spetch et Cluj, capitales des états membres de l'Alliance Karpiskienne pour le Développement, je profitais de mes visites dans les laboratoires pour soutirer des informations aux scientifiques qui me confiaient fièrement et naïvement le fruit de leurs découvertes récentes.

La nouvelle mission qui venait de m'être confiée était beaucoup plus dangereuse. J'y risquais ma liberté, voire ma vie. J'en étais conscient, aussi avions-nous anticipé les événements les plus probables auxquels j'allais être confronté et nous comptions sur mes capacités d'analyse et … la chance pour répondre aux inattendus.

Nous étions, Tomas Theufarszy et moi, sur le quai attendant l'arrêt définitif du train. Je savais que je n'aurai aucune difficulté pour me rapprocher de ma 'cible' durant le voyage : le train se composait d'une locomotive suivie d'un tender chargé de charbon et d'un unique wagon de voyageurs. Le strict minimum pour un train ! En effet, suite à la constatation que les actes d'incivilité – racket de voyageurs, dégradation du matériel, etc. – se produisaient toujours dans le wagon de queue, la CCFS (Compagnie des Chemins de Fer Syldaves) avait décidé de réagir. Une commission s'était réunie et avait proposé une solution radicale : interdire l'accès du dernier wagon aux voyageurs. Malheureusement les exactions s'étaient poursuivies avec la même intensité dans l'avant-dernier wagon devenu de fait le dernier utilisable. En réaction l'avant dernier wagon fut à son tour interdit d'accès. Et ainsi de suite jusqu'à ce que tous les wagons soient cadenassés dès le départ de Konfitur. Ça implorait, se lamentait, ça criait, rallait, beuglait, mugissait, hurlait fort sur les quais lorsque la locomotive s'arrêtait en gare et repartait sans avoir pris un seul passager. Quelques téméraires tentaient bien de s'accrocher aux poignées des portes fermées, et même d'escalader sur le toit des wagons et faire le trajet en extérieur. Perturbations sur le trafic ! Le conducteur de la locomotive eut l'ordre de ne pas s'arrêter dans les gares intermédiaires afin de ne plus de perdre du temps et accessoirement d'éviter les accidents corporels. Dorénavant le train arriverait à Spetch à l'heure ... et sans passagers. Des pétitions circulaient, l'opposition ruait dans les brancards sur les bancs de l'Assemblée Législative. Face au mécontentement populaire et au risque d'insurrection, le Gouvernement ordonna à la Direction de la CCFS de rétablir la circulation sur cette ligne. Ce fut fait, mais le convoi ne comportait plus qu'une locomotive, son tender et un seul wagon solidement gardé par deux agents de sécurité.

C'est donc dans l'unique wagon ouvert au public que je grimpai, précédé de l'homme au chapeau melon, canne et moustache. Les deux gardes placés chacun à une extrémité de la voiture vigilaient scrupuleusement. Leur mission du jour s'annonçait tranquille : jusque-là ils n'avaient eu à surveiller qu'un seul passager, une jeune femme. Notre homme s'assit sur une banquette et je pris la place en face de lui. Le train démarra sur un coup de sifflet du chef de gare.

J'ouvris mon ordinateur portable. L'air inspiré et les yeux dans le vague je me mis à ânonner ostensiblement le texte de la communication que j'étais supposé donner le lendemain aux étudiants de l'Université de Spetch.

Aujourd'hui, nous adresserons une interrogation fondamentale en Versionologie. « Toute version V_i peut-elle constituer une version finale V_n, marquant ainsi la fin d'une évolution, ou sera-t-elle suivie invariablement d'une suivante V_{i+1} en chemin vers une *éventuelle ultime version V_n » ou, dit plus vulgairement : « La création est-elle versionnable ? »*

J'aurais pu réciter la suite par cœur, mais jouant des yeux alternativement du plafond à l'écran de mon ordinateur je faisais mine de chercher mes mots. Par intermittence je tentais même par une sollicitation du regard d'obtenir une aide de la part de mon vis-à-vis. Une pause, puis :

J'exposerai ma théorie sous les traits d'une métaphore. Posons que toute création tient dans une éprouvette remplie d'une solution de signifiants, indistincts car dissous dans l'éprouvette, mais déjà présents. Créer, c'est faire en sorte que par une réaction chimique cérébrale un effet de sens émerge de l'éprouvette.

Une fausse hésitation et, lisant sur l'écran :

Quelque fois cette réaction s'enclenche d'elle-même d'une manière nécessaire quel que soit l'observateur. Acide + Base donnera toujours Sel + Eau. Dans ce cas la solution se fige, un précipité cristallise au fond de l'éprouvette dès lors que les réactifs y sont introduits. Les positions dogmatiques, les théories dominantes, les modes sont des moyens de canaliser ce type d'effets. Nous ne sommes plus dans le registre de la science mais dans celui des croyances aveugles ou des comportements moutonniers. Nul ne peut s'attendre à bénéficier d'un éclair sérendipitaire s'il ne constate que ce que la vulgate lui a appris à constater. Dans ce cas, on ne peut guère parler de créativité dans la mesure où un automate réalisant le mélange idoine de réactifs s'acquitterait de la tâche aussi bien que lui.

Nouvelle hésitation et à destination de mon vis-à-vis : « *Je ne vais jamais y arriver !* ». Lui, sur un ton où pointait une bienveillante empathie : « *Pas facile, en effet !* ». Je repris, le fixant comme pour le prendre à témoin des efforts que je faisais :

D'autres fois aucune réaction ne prend ; les composants ne s'associent pas, le terrain n'est pas assez fertile, le message ne passe pas, bref, rien ne résonne, rien ne parle, rien n'évoque. Soit la solution de signifiants est trop pauvre, soit il n'y a pas de catalyseur dans l'éprouvette pour que du sens s'évapore. Il n'y a rien pour nourrir la créativité.

Il semblait à la fois intéressé et amusé par mon petit jeu et m'encourageait du regard. Je repris d'un trait :

Et quelques fois, heureusement, des réactions inattendues s'enclenchent. Et ce n'est pas seulement à partir d'une analyse des composants déposés dans l'éprouvette et des conditions et résultats de l'expérimentation que du sens va émerger (dans ce cas, il ne saurait logiquement n'être qu'objectif et partagé), mais parce que l'observateur est capable d'apporter un supplément personnel d'énergie créative. Cette part individuelle est le produit d'une protéine, la Sémase, inégalement répartie dans la population – fort heureusement – et par laquelle un effet induit agit de sorte que la forme produite se voit investie d'une signification pertinente.

– Bonsoir Monsieur. Excusez-moi de vous interrompre dans votre réflexion, mais, ne seriez-vous pas le Professeur Pÿa Tagluc, le promoteur de la Versionologie ?

C'est bon. Le contact est établi.

– En effet, je suis le Professeur Pÿa Tagluc.

Le Bordure me tend la main :

– Excusez-moi, je me présente. Professeur Tomas Theufarszy. Enchanté de faire votre connaissance et heureux de pouvoir mettre une tête, quelle piteuse expression, sur votre nom et l'auteur d'articles scientifiques de première importance. J'ai enseigné moi-même à Brnv, Université libre de Bordurie. L'agronomie pour être précis. J'ai eu l'occasion de lire vos écrits et je dois dire, m'en suis inspiré dans mes recherches sur la mutation du génome du topinambour.

Ça y est, notre homme est ferré. Il s'agit maintenant de le conduire à me considérer comme une prise intéressante pour les SSB sans éveiller le moindre soupçon et en lui donnant l'impression qu'il contrôle la situation. Le scénario de cette rencontre a été étudié, les pièges à éviter m'ont été détaillés, je suis prêt. Je lui réponds :

– Cher collègue, vous m'en voyez ravi. Quel plaisir de constater que mes travaux, ceux d'un chercheur syldave, puissent vous servir, vous qui êtes chercheur bordure, alors que nos deux pays se disputent depuis des décennies. Quelle preuve éclatante que la science est au-dessus des débats politiques.

– Certes. L'honnêteté m'oblige cependant à vous dire, cher Professeur Tagluc, que les résultats de mes recherches ont servi les intérêts de mon pays. La Bordurie a pris une avance décisive sur ses concurrents, dont la Syldavie fait

partie, dans la culture du topinambour, et cela, d'une certaine façon grâce à vous. Vous pourriez en concevoir une certaine frustration ...

Cher Professeur Theufarszy ! Si vous saviez que le résultat de vos recherches est entre nos mains depuis déjà plusieurs mois ! Mais bon, jouons le jeu. Laissons-lui l'impression que c'est lui qui tire les ficelles' me dis-je intérieurement, puis j'enchaîne :

– Pour moi, cher collègue, l'essentiel est de savoir que mes travaux théoriques débouchent sur des applications concrètes. Naturellement j'aurais préféré que le ministère de la Recherche Syldave m'accorde plus de crédits. Mais le Gouvernement a préféré financer d'autres projets. C'est fort dommage pour la Syldavie, d'autant plus que j'ai des idées de développement théoriques qui devraient faire progresser la discipline mais qui vont malheureusement végéter au fond de mes tiroirs. Mais, que voulez-vous, c'est comme ça ... A moins que ...

Stop. Laisser l'ouverture mais ne pas trop en faire. Le laisser manœuvrer.

– Vous connaissez certainement la maxime bordure : « Malgré le clair de lune, les cadrans solaires ne marquent jamais minuit ». Quel dommage en effet que vos travaux restent dans l'ombre, mais pas seulement pour la Syldavie en particulier, ni la Bordurie d'ailleurs, mais pour la Science en général. Vos connaissances théoriques associées à notre capacité de développement industriel permettraient de faire progresser, au-delà du topinambour, la culture de toutes les céréales, d'améliorer les rendements, d'éradiquer la famine

et, soyons visionnaires, de répandre la paix dans le cœur des hommes ...

Houlà. Pour le coup, il met le paquet, le bordure ! Il poursuit :

– Mais j'y pense. Un poste de Directeur de Laboratoire vient d'être ouvert à l'Université de BrhV. Est-ce que cela vous intéresserait ? Je peux vous faire passer la description du profil recherché.

Ça y est ! Il abat ses cartes. Plus rapidement que je le pensais. Méfions-nous cependant.

– Ecoutez. Je suis très honoré par votre proposition, mais je vais devoir y renoncer. Ma vie est à Spetch, j'y ai mes amis, mes parents, mes étudiants, ...

– Je vous comprends. Mais peut-être pourrions-nous travailler ensemble, à distance. Un projet commun, par-delà les frontières, une œuvre faisant fi des chicanes politiciennes.
– Pourquoi pas en effet. Je vais y réfléchir.

Le train venait d'entrer en gare de Klafoutov. Le Bordure se lève :

– Me voici arrivé à destination. Cher Professeur, je suis heureux de vous avoir rencontré. A très bientôt j'espère. Tenez, voici ma carte de visite. Vous pouvez me joindre quand vous voulez.

Sur ce, il lisse la gouttière de son chapeau melon, en chausse son crâne, prend son attaché-case d'une main, sa canne de l'autre et après un bref et martial salut de tête, il descend de la voiture.

Eh bien, voilà, l'affaire est bien engagée. Je vais laisser passer quelques semaines avant de le contacter ...

– *Professeur Tagluc !*

La jeune passagère avait quitté sa place et venait de s'assoir face à moi, à l'endroit même qu'occupait le bordure quelques instants plus tôt.

– *Vous allez me trouver fort indiscrète, mais j'ai écouté, bien involontairement, votre conversation avec le Professeur Theufarszy. Quelle coïncidence ! Je dirai même 'Quel miracle' !*, et me tendant la main :

– *Je me présente Lucy Pagat. Je suis en dernière année de thèse à l'Université de Cluj sous la direction de Mme la Professeure Paula Cytg.*

– *Je connais de réputation Madame la Professeur Cytg. Mais de grâce, ne parlez pas de miracle, Mademoiselle. En Science les miracles n'existent pas. Parlez plutôt de rencontres non prévue de deux séries causales indépendantes et d'une conscience en éveil prête à l'observer.*

Je regrettai immédiatement la brutalité de ma réaction. La jeune fille baissa les yeux et s'apprêtait à se lever.

– *Que puis-je pour vous Mademoiselle ?*

– *Ma recherche porte sur l'évolution des comportements d'animaux radicivores soumis à des stress volontairement provoqués. J'étudie l'influence d'un versionnage de leur génome pour modifier leurs habitudes alimentaires. Et en appliquant votre théorie j'ai réussi à créer une lignée d'insectes cannibales qui s'attaquent à leurs congénères qui se nourrissent de racines de topinambour. Je vous dois beaucoup.*

– C'est très intéressant. Vous m'en voyez honoré. Et donc ...

– Je n'ose vous le demander ... Accepteriez-vous de relire mon mémoire de thèse ?

– Ma foi ... pourquoi pas !

– Merci Professeur. Je vous fais parvenir le document dès mon retour à Cluj. Je ne vous dérange pas plus.

Et la voilà qui retourne s'assoir à sa place.

Ce trajet en train est très fructueux, bien au-delà de mes espérances. Deux points positifs :

- le contact est établi avec Tomas Theufarczy, mon infiltration dans les SSB est sur les rails ;
- la perspective de collaborer avec un laboratoire transylvestre, de suivre au plus près l'avancée de leurs recherches et de récupérer des données intéressantes ...

Dès mon arrivée j'en informe le siège des SSS.

Chapitre 2

Le lundi 20/02/2002 à 20:02, Pÿa Tagluc
<tagluc.pÿa@univ-spetch.syl> a écrit :
Sujet : Re-Mémoire de thèse de doctorat de Lucy Pagat
Pour Lucy Pagat <pagat.lucy@univ-cluj.tra>

Mademoiselle Pagat

J'ai bien reçu votre mémoire. Devant l'importance de vos travaux je comprends votre souhait de les garder secrets jusqu'à la soutenance de votre thèse et je m'engage, comme vous me l'avez demandé, à ne m'en séparer sous aucun prétexte. Par sécurité je le garderai avec moi en permanence.

Votre travail s'inscrit dans une thématique contemporaine : la lutte contre les attaques de polyneoptera blattodea topinamboura, insectes ravageurs des cultures de topinambours.

Face au défi que nous devons relever pour sauver notre agriculture les vieilles stratégies ne conviennent plus.

Ces insectes se sont adaptés et ont développé une immunité face aux pesticides. Dans la mesure où l'épandage de nouvelles molécules est désormais interdit, la solution 'chimique' n'est plus envisageable.

L'approche dite écologique par introduction d'insectes prédateurs a montré ses limites : souvent, les proies éliminées, les prédateurs deviennent nuisibles à leur tour et parfois, solution pire que le mal, ils entretiennent pour leur survie de véritables 'élevages' de leurs proies ! L'agriculteur doit alors à se battre contre deux ennemis : la proie et le prédateur.

C'est pourquoi j'ai fort apprécié votre approche reposant sur la théorie de la 'Versionologie Générale' dont j'ai l'honneur et la fierté d'être l'auteur et qui en constitue une nouvelle application. Modifier le comportement d'une colonie de polyneoptera blattodea topinamboura en mutant l'insecte rhizophage qu'il est en un insecte insectivore (!) et cannibale, non seulement cette idée est pertinente, mais de plus sa mise en pratique est la parfaite illustration de l'intérêt de ma théorie :

1) fabriquer des insectes artificiels aux capacités et dimensions identiques à celles des polyneoptera blattodea topinamboura naturels (diffuseur de phéromones, capteur de proximité, GPS, membres articulés, …) capables de se faire passer pour des congénères auprès des véritables topinamboura. Ce polyneoptera blattodea topinamboura artificiellum est un petit bijou de technologie !

2) les doter d'une 'intelligence sociale' (instinct grégaire et capacité d'imprégnation mimétique) acquise au contact des topinamboura naturels via un réseau neuro-mimétique à apprentissage non-supervisé.

3) apporter une modification de leur comportement alimentaire - à savoir leur faire dévorer tout insecte qui est à leur portée, congénères naturels y compris - par une deuxième phase d'apprentissage, supervisé celui-ci.

4) introduire en nombre suffisant de ces insectes artificiels modifiés au sein d'une colonie d'insectes naturels. (la proportion d'insectes artificiels à introduire est l'objet d'études très poussées au cœur de votre recherche). Les insectes naturels vont alors s'imprégner des comportement acquis auprès des insectes artificiels et finir par s'entre-dévorer.

L'originalité de votre travail, la rigueur scientifique qui l'accompagne, les résultats encourageants qui en sont issus m'ont convaincu d'accepter de participer au jury de votre soutenance de thèse.

Je vous prie de transmettre mes plus cordiales salutations à Madame la Pr. Agat Cyplu.

ps : J'apprécierais que vous me fassiez parvenir une cohorte de polyneoptera blattodea topinamboura artificiellum. Je m'engage à ne les utiliser que dans un strict cadre personnel et universitaire.

Bien cordialement
Pr. Pÿa Tagluc

Paule

A ce point-là du récit, vous êtes en droit de vous dire, chers lecteurs, que cela fait beaucoup trop de coïncidences pour que les choses se soient passées ainsi : Pÿa Tagluc, notre espion syldave, qui réussit d'emblée son approche avec l'espion bordure et qui dans la foulée entre en contact avec une jeune fille de nationalité transylvestre (n'oublions pas que la Transylvestrie est un pays en concurrence topinambouresque avec la Syldavie) prête à lui livrer le fruit de ses recherches !

Si je n'étais pas là pour attester de la véracité du récit de Pÿa, vous pourriez croire que tout cela est inventé. Et vous auriez tort.

En revanche, vous avez pu soupçonner Pÿa de faire preuve d'une grande naïveté. Croire que des insectes artificiels puissent modifier le comportement d'insectes naturels, pourquoi pas, mais croire qu'on va les lui apporter sur un plateau, comme ça, …

Si vous voulez bien, on va l'abandonner momentanément pour nous intéresser à Lucy Pagat et à sa directrice de thèse Agat Cyplu. Et vous allez pouvoir constater que la naïveté de Pÿa n'est rien comparée à l'imagination des SST (Services Secrets Transylvestres).

Chapitre 3

Nous sommes au laboratoire d'Ethologie Génétique et Artificielle à l'Université de Cluj (Transylvestrie). Lucy Pagat et Agat Cyplu sont en pleine conversation.

– Madame. Je viens de recevoir un courriel du Professeur Tagluc. Il a bien reçu mon mémoire de thèse et accepte de participer au jury de soutenance.

– Comme prévu ! Nous l'avons flatté, sa vanité a fait le reste. La 'Versionologie Générale' va se retourner contre son créateur.

Vous aviez bien pris la peine d'introduire une puce RFID dans la reliure du document ?

– Bien sûr.

– Et il s'est engagé à ne pas s'en séparer ?

– Tout à fait.

– Parfait. Nous allons pouvoir le suivre à la trace où qu'il aille. Nous allons établir une surveillance sur lui 24/24. D'après ce que vous m'avez dit il est entré en contact avec un agent bordure, un certain Tomas Theufarcy. S'ils se rencontrent nous le saurons …

– Autre chose Madame. Il me sollicite pour que je lui envoie quelques exemplaires de polyneoptera blattodea topinamboura artificiellum.

– Bien ! Nous allons répondre à sa demande, et plutôt deux fois qu'une. Lucy, veuillez préparer un ensemble d'insectes artificiels

– Mais Madame, nous n'allons tout de même pas lui livrer le fruit de trois ans de recherche !

– Evidemment Lucy ! Nous allons lui expédier des polyneoptera blattodea topinamboura artificiellum ... enfin plus précisément une variante très particulière de ces insectes artificiels, une version dans laquelle nous aurons introduit un virus informatique. Ce virus sera inactif et ne se 'réveillera', si j'ose dire, que lorsque nous le déciderons. Dans un premier temps nos blattodea artificiellum vont se comporter comme prévu et les blattodea naturels vont commencer à s'entre-dévorer. Les syldaves croiront disposer d'une arme anti-nuisibles et vont disséminer les blattodea artificiellum dans leurs cultures de topinambours et là, ... nous activeront le virus. Ce sera terrible, ils perdront une grande partie de leurs récoltes

Paule

Machiavélique, n'est-ce pas ?
Fermons la parenthèse transylvestre et revenons à Pÿa ...

Chapitre 4

Confortablement installé dans un fauteuil en cuir dans le vaste salon de l'hôtel *Transcontinental* de Brnv, j'attendais le Professeur Tomas Theufarey. J'avais choisi une table dans un coin de la salle bien à l'écart des autres. Pour l'heure, deux jeune gens accompagnés d'une femme âgée étaient présents. Aucune oreille indiscrète ne pourrait écouter notre conversation. Nous étions convenus, Tomas et moi, de nous rencontrer *'fortuitement'* en marge d'une conférence scientifique. Le plan se déroulait comme prévu. J'avais parfaitement en mémoire l'échange que j'avais eu avec le chef des SSS quelques semaines plus tôt :

– Pÿa, vous êtes entré en contact avec les SSB par l'intermédiaire de Tomas. Ils vous ont demandé de communiquer des informations sur vos travaux en cours en Versiologie.

*– Versio**no**logie*

– Versionologie. Vous l'avez fait. Ils ont pu valider leur importance. La mission d'infiltration dans les SSB semble être bien partie. Je dis bien, semble, car avec eux, il faut toujours se tenir sus ses gardes. Maintenant, ils vont passer à la vitesse supérieure.

– J'en suis conscient. Avais-je répondu.

– Ils voudront que vous leur communiquiez des informations cruciales. Sans vouloir dénigrer vos travaux, sachez que ce qu'ils désirent est autrement plus important que les avancées théoriques en Versiologie.

*– Versio**no**logie !*

– Versionologie, si vous voulez. Nous savons qu'ils cherchent à mettre la main sur les plans des dispositifs automatiques de protection de nos fermes d'élevage de poules pondeuses. Ils comptent sur vous pour les obtenir afin de les neutraliser. S'ils y parvenaient, la production des œufs serait interrompue et l'alimentation quotidienne de nos concitoyens serait compromise. Je vous laisse imaginer les conséquences néfastes sur leur santé, à terme sur la démographie de notre pays et partant sur l'équilibre régional ... Il faut éviter la guerre, Pÿa ! Vous mesurez l'enjeu de votre mission.

– Bien sûr, mais où voulez-vous en venir ? Je ne dispose pas de ces plans !

– Par anticipation nous vous avons nommé Responsable de la Sécurité des fermes avicoles syldaves. A ce poste-là vous êtes à leurs yeux crédibles pour posséder et donc pour communiquer des informations de premières mains, enfin, je vous rassure, communiquer de fausses informations naturellement. Nous allons faire de vous le maillon faible de notre dispositif. Vous allez leur livrer ce qu'ils vont vous demander. A ce point-là, trois hypothèses.

Soit ils vont penser que vous le faites par naïveté ou par idéologie. Dans ce cas, vous êtes perdu. Ils vont vous 'traire' jusqu'à ce que vous n'ayez plus rien à leur apporter puis ils vous lâcheront, ils déclareront publiquement que vous avez trahi votre pays avec toutes les conséquences que nous, Syldaves, serons obligés de tirer : procès pour espionnage, prison à vie ou peloton d'exécution pour vous, déshonneur pour votre famille. Ni vous, ni nous ne souhaitons cela.

Soit ils vont penser que vous êtes un agent syldave tentant de les infiltrer. Ils n'auront aucun remord à vous faire disparaître. Nous démentirons naturellement, nous protesterons mais ce sera trop tard pour vous !

– Ne me dites pas qu'il n'y a pas un autre 'soit' !

– Rassurez-vous. Troisième 'Soit' : Vous monnayez vos services ! Pas de psychologie, pas d'idéologie, du business, point à la ligne. Vous vendez, ils achètent ou non. La balle sera dans leur camp. Donc, concrètement, s'ils acceptent, vous allez leur livrer des plans de sécurité de nos installations – des faux plans naturellement – et on attend. L'enjeu pour vous, c'est de passer pour un fournisseur fiable et utile.

– Mais ces plans, comment peuvent-ils croire qu'ils sont authentiques ?

– Nous avons tout prévu, de longue date. Les SSB ont introduit un espion parmi nous. Nous l'avons identifié, c'est Kourjet Theufarcy, le propre frère de Tomas, mais nous nous sommes gardés de l'éliminer. Mieux : maintenant il nous sert de leurre. Nous lui communiquons depuis plusieurs mois de fausses informations qu'il transmet à ses collègues des SSB et entre autres les faux plans de sécurité de nos fermes que vous allez leur vendre. Avec des plans identiques à ceux qu'ils possèdent déjà, vous acquerrez leur confiance et nous conforterons celles qu'ils ont en leur agent. Nous pourrons continuer à utiliser Kourjet Theufarcy à son insu ; quant à vous, dans la place, vous serez nos yeux et nos oreilles ! Magistral, non ?

– En effet !

– Une dernière chose, Pÿa : les SSB sont très méfiants et ils vont vous tester. Ils veulent être sûrs de votre fiabilité et croyez-moi, s'ils en doutent un instant, vous êtes un homme mort !

Malgré la menace explicite je me sentais en pleine confiance. Je ne savais pas comment Tomas allait me présenter son '*invitation*' à collaborer ni quel piège il allait me tendre, mais j'étais prêt. Je sirotais un Dry Martinambour (Gin Old Tom + Noilly Prat + liqueur de topinambour) lorsqu'il s'approcha de la table.

« Cher Pÿa, quel plaisir de vous voir »

« Tomas ! Quelle surprise ! Vous prendrez bien un verre en ma compagnie ? »

« Bien volontiers, dit-il en s'asseyant face à moi. *« Garçon, la même chose que mon ami, s'il vous plait »*

S'assurant par un coup d'œil circulaire que personne ne pouvait surprendre notre conversation, il attaqua à voix basse sur un ton de conspiration :

« Pÿa, l'heure est grave. Voulez-vous nous aider à sauver la paix ? »

« Comme vous y allez Tomas ! Vous m'effrayez ! De quoi s'agit-il ? »

« Vous n'êtes pas sans savoir qu'il y a des tensions entre la Bordurie et la Corchine. Une sombre affaire de vol de brevets industriels »

« J'ai eu vent de cette affaire en effet. La Corchine aurait agi d'une façon peu courtoise à votre égard. Mais, en quoi puis-je vous aider ? »

« Nous avons appris, ne me demandez pas comment, que la Corchine avait l'intention de neutraliser nos usines de méthanisation. Il nous faut impérativement garantir nos systèmes de sécurité. Vous êtes spécialistes en la matière, n'est-ce pas ? »

« En effet, j'ai été nommé responsable de la sécurité des fermes avicoles de Syldavie »

« Parfait. Votre expérience nous serait fort utile. Ma requête est simple : pourriez-vous nous fournir le logiciel que vous utilisez pour éviter des intrusions dans vos propres installations »

Je fis semblant d'hésiter puis :

« Je peux, en effet, mais ... »

« Oui ? »

« Pourquoi le ferais-je ? »

« Je vous l'ai dit ! Pour éviter que les Corchinois ne neutralisent nos usines »

« Cela, je l'ai bien compris. Mais la question est : pourquoi JE le ferais ? Certes j'apprécie votre amitié, je ne porte pas les Corchinois dans mon cœur, mais vous me demandez de communiquer des informations stratégiques.

« Eviter une guerre, Pÿa ! Rien de moins ! Et puis, je vous garantis que cela restera entre nous. Personne ne saura »

Je fis mine de réfléchir (le scénario était prêt) et sans ciller, les yeux dans les yeux, j'annonçai :

« Vingt mille Roublovski. En liquide »

Je lui aurais donné un coup de poing à l'estomac qu'il n'aurait pas été plus surpris. Sans nul doute, je venais de marquer un point dans cette partie du chat et de la souris que nous jouions tous les deux. Je l'avais déstabilisé par un coup qui ne faisait pas partie ceux qu'il avait prévus. Derrière son sourire j'entendais les rouages de son cerveau tourner à plein régime. Ce nouvel élément ne faisait pas partie des 'input' de son modèle et je sentis qu'il allait refuser l'offre.

Là, j'ai eu une idée lumineuse ! Je lui ai dit :

« *Pour le même prix je vous donne quelques individus de polyneoptera blattodea topinamboura artificiellum.*

« *Qu'est-ce que c'est ?* » demanda-t-il, intrigué.

« *Ce sont des insectes qui s'attaquent aux nuisibles des cultures de topinambours. Nous les avons conçus dans notre laboratoire de recherche. Résultats garantis !* »

Je vis ses yeux pétiller. Il dit :

« *Intéressant. C'est d'accord. Rendez-vous ici demain, même heure* ».

Il se leva et quitta la salle.

Je regagnai ma chambre et communiquai à Spetch le compte-rendu de notre rencontre, en omettant de parler du don des polyneoptera blattodea topinamboura artificiellum. Il était inutile de mentionner cette initiative personnelle. En espionite on doit respecter les protocoles et éviter l'improvisation même si en l'occurrence j'avais la conviction d'avoir pris une bonne décision. Cela ne pouvait que renforcer ma position vis-à-vis des SS Bordures et il serait temps d'en parler aux SS Syldaves.

– *Il a accepté pour vingt mille Roublovski*

– *Parfait Pÿa ! Le plan se déroule comme prévu.*

Chapitre 5

– Comment s'est passée votre rencontre, Pÿa ?

– Comme prévu. J'ai donné les clefs d'accès au logiciel de gestion de la sécurité de nos installations et j'ai récupéré les vingt mille Roublovski.

– Nous le savons ! Dès que vous leur avez communiqué ces renseignements ils les ont testés. Nous nous y attendions et nous avons joué le jeu en simulant une alarme d'intrusion. Ils croient maintenant qu'ils sont capables de s'introduire dans nos systèmes de sécurité quand ils le voudront et, plus important pour vous, ils savent que vous êtes fiable.

Dès que vous serez dans la place, votre mission sera de leur suggérer d'installer la nouvelle version du logiciel de surveillance. Entre parenthèses, nous l'avons volé aux Transylvestres, mais c'est inutile de leur dire ! Ainsi nous pourrons surveiller à distance l'activité de leurs propres usines et l'interrompre si nécessaire.

– Un peu grossier comme piège. Ne craignez-vous pas qu'ils se doutent de quelque chose ?

– Présenté comme cela, bien sûr. Mais nous avons prévu le coup. Nous avons réussi à retourner un de leurs agents de l'ABS, l'Agence Bordure de Sécurité, un certain Luca Patyg. Nous l'avions filmé en compagnie d'une magnifique jeune fille, recrutée pour une poignée de kopekov, dans une position fort inconfortable pour sa réputation. Quelques photos compromettantes en main nous nous sommes présentés à lui. Le marché a été vite conclu : il

s'est engagé à nous transmettre des données importantes et son épouse ne saura rien de son incartade.

– Dans ce cas, pourquoi leur suggérer d'installer notre logiciel ? Nous avons quelqu'un sur place ...

– Oui mais, comment être sûr que ce Luca Patyg joue le jeu ? Combien de temps va-t-il pouvoir continuer sans se faire démasquer ? Nous ne pouvons prendre un tel risque.

– En effet. Quel est le plan ?

– Vous connaissez le jeu de billiard ?

– Oui. Quel rapport ?

– Un coup de billiard à trois bandes. Vous êtes une des bandes, Kourjet Theufarcy (l'espion bordure que nous utilisons à son insu) la deuxième et le pauvre Luca Patyg la troisième.

Je détaille : 1) nous allons laisser fuiter l'information selon laquelle nous avons recruté un ingénieur responsable sécurité Bordure et nous ferons en sorte que Kourjet Theufarcy l'apprenne, 2) Ce dernier remonte l'information aux SSB qui vont chercher à savoir qui est cet ingénieur, 3) Les SSB vous demandent de les aider à démasquer le traître, vous acceptez la mission et vous dénoncez Luca Patyg preuves à l'appui (preuves que nous vous fournirons), 4) les SS Bordures interrogent Luca et face aux évidences, Luca ne tardera pas à avouer 5) leur confiance en vous sera renforcée, vos dires auront plus de poids. Vous pourrez alors leur suggérer d'utiliser notre logiciel de gestion de la sécurité ...

– Brillant !

Chapitre 6

– Que se passe-t-il Pÿa ? Au téléphone vous aviez l'air inquiet.

– Je vais vous raconter par le détail, en essayant de ne rien omettre.

Comme lors de notre premier rendez-vous nous étions Tomas et moi assis dans les mêmes fauteuils en cuir du salon de l'hôtel *Transcontinental* de Brnv, bien à l'écart des autres clients de l'Hôtel. Je vous passe les politesses d'usage. Comme prévu, c'est Tomas Theufarszy qui a abordé le sujet en premier :

« *Je vous propose,* a-t-il dit, *de passer quelques jours à Perd pour faire un audit de nos systèmes de sécurité. Je ne doute pas que votre contribution sera à la hauteur de nos espérances* »

Il fallait que je l'amène sur le terrain que nous avions balisé : l'identification du traitre.

« *Ma foi, pourquoi pas ! Mais, j'y pense, Professeur, vous devez avoir des experts en sécurité au sein de l'ABS, l'Agence Bordure de Sécurité. Ne peuvent-ils pas prendre en charge cette mission ?* »

Et hop. La balle était lancée et comme nous l'avions prévu il s'en est saisi.

« *Bien sûr que nous avons les ingénieurs compétents à l'ABS. Ce sont les meilleurs spécialistes de l'anti-dérapage d'informations. Seulement voilà, nous venons d'apprendre que parmi eux se cache un traitre à notre nation qui nous espionne pour le compte de la Corchine. C'est pourquoi nous faisons appel à vous, en toute discrétion, naturellement. Nous voulons un œil extérieur, un œil d'Expert en Sécurité. Votre mission, si vous l'acceptez est d'identifier ce traitre. »*

– Sur le coup je me suis interrogé : Pourquoi Tomas parle-t-il d'un traitre à la solde de la Corchine ? Kourjet Theufarcy se serait-il trompé dans la transmission de l'information ? J'en doutais. Un piège ?

– A mon avis, il a dû penser que vous auriez des scrupules de dénoncer un individu qui travaille pour votre propre pays tandis qu'identifier un traitre qui travaille pour les Corchinois ne vous poserait pas de problème.

– Vous avez surement raison. J'en étais là de mes réflexions lorsque Tomas, prenant mon silence pour une hésitation, reprit :

« Votre prix sera le nôtre »

« Dix mille pour débuter, et dix mille de plus à la 'livraison' du traitre » répondis-je du tac au tac.

« Ok »

– Vous auriez pu demander davantage !

– C'est vrai.

« Comment va-t-on s'y prendre ? » ai-je demandé à Tomas.

« Nos soupçons portent sur deux d'entre eux, Luca Patyg, le responsable de la Sécurité et son adjoint Pat Cygalu. Nous allons vous présenter comme un expert en sécurité, ce que vous êtes, actuellement en fonction au ministère de l'Industrie et chargé de vérifier la fiabilité de nos systèmes. Vous allez les interroger l'un et l'autre, individuellement. Au

cours de vos entretiens, vous allez vous faire passer pour un agent corchinois qui tente de les recruter. L'ingénieur fidèle à la Bordurie vous dénoncera auprès de nous, tandis que le traitre à la solde des corchinois ne dira rien, ou peut-être même se dévoilera à vous »

« C'est malin, en effet » répondis-je tout en mesurant l'étrangeté et la complexité de la situation. Résumons : 1) je suis un agent des SSS en manœuvre d'infiltration dans les SSB 2) je suis missionné par ces mêmes SSB pour me faire passer pour un agent des SSC (Services Secrets Corchinois) cherchant à recruter un ingénieur bordure 3) le tout afin de découvrir un traitre supposé travailler pour les SSC mais en réalité travaillant pour les SSS, que ces mêmes SSS me demandent de dénoncer !

– Bien résumé en effet. Et ensuite ?

Paule

Cette histoire est de moins en moins ordinaire. Et ce n'est pas fini !
J'espère que le lecteur ne sera pas perdu dans ce bazar …

Reprise du Chapitre 6

— Bien résumé en effet. Et ensuite ?

— Après avoir quitté Tomas j'ai réfléchi à ce changement de situation et à ses conséquences sur ma mission et j'ai perçu un bug. Pas vis-à-vis de Pat Cygalu – le premier que j'allais interviewer – mais vis-à-vis de Luca Patyg. Je dispose de preuves, celles que vous m'avez fournies, que Luca est un traître qui travaille pour nous, les syldaves. En revanche je n'en ai aucune qui prouverait qu'il travaille pour les corchinois. Sans preuve je ne peux le dénoncer d'être un agent à la solde des corchinois. De plus, si je lui propose de travailler pour les corchinois, il va naturellement refuser (il travaille déjà pour les SSS !), il va me dénoncer aux SSB et se parer d'une fidélité absolue à leur égard ; l'inverse de ce que l'on cherche. Je ne pouvais suivre le plan des SSB avec Luca.

— En effet. L'affaire se complique ! Qu'avez-vous fait ?

— J'ai poursuivi ma réflexion et j'en suis arrivé à la conclusion qu'il fallait appliquer notre propre plan : proposer à Luca de travailler pour les syldaves puis le dénoncer. Les bordures seront surpris de ce revirement mais face aux preuves et à ses aveux ils ne pourront que louer mon initiative.

— Logique mais dangereux. Ils trouveront louche que vous ayez changé les plans sans les prévenir. Vous avez bien fait de commencer les entretiens par celui de Pat Cygalu. Avec lui vous n'aviez aucune raison d'abandonner le plan des SSB. On connaît par avance le déroulement et l'issue de l'entretien –

fidèle à sa patrie il va vous dénoncer – et cela vous laisse du temps pour préparer l'entretien de Luca.

– Tout à fait. C'est chez 'Marthe et Paul ', un restaurant gastronomique du centre-ville de Perd que j'ai rencontré Pat Cygalu. Au menu une soupe de moules et palourdes à la crème aillée de topinambour, un bortch à la morue sauce topinambour et en dessert un clafouti …

– Aux topinambours !

– Oui ! Comment saviez-vous ?

– Je ne sais pas. Une intuition. Bref, venez-en au fait.

– Pat Cygalu est un jeune homme souriant, le regard franc, grand, l'allure sportive, spontanément sympathique. Les SSB m'avait fourni son curriculum vitae : trente-cinq ans, diplôme d'ingénieur en Info-génétique, thèse en Versionologie, agrégation de philosophie comparée, champion départemental de lancer de boomerang (c'est lui qui a inventé l'ailette sinusoïdale), pigiste à la revue 'La Page du Libraire Bordure', auteur d'un roman d'anticipation ('Le Vol du Temps') et d'un livre de cuisine ('Le Topinambour dans tous ses états') et … célibataire. Bref, il ne lui manque qu'un salaire correct – qu'un poste de fonctionnaire ne lui apportera jamais – pour être le gendre idéal.

Je vous passe le début de notre conversation – nos lectures, nos hobbies, l'avantage de l'ailette sinusoïdale par rapport à l'ailette tangentielle, le dosage de la poudre de topinambour dans la pâte à tarte, …. Quand nous avons abordé le sujet des dispositifs de sécurité il a répondu à mes questions ouvertement. Il était très collaboratif et sans contestation un ingénieur très compétent, heureux et satisfait du travail qu'il accomplissait. Je vais vous dire une chose : je n'étais pas fier de devoir tenir le faux rôle de recruteur corchinois. J'allais rompre la confiance qui régnait entre nous, cette espèce de connivence qui s'établit entre des hommes qui collaborent sans esprit de compétition. Je savais que sans cette tentative de corruption nous aurions pu devenir amis. Mais je ne pouvais renoncer ; il fallait lui faire subir cette épreuve dégradante, lui faire croire que je l'avais jugé capable de trahir sa patrie.

« Pat », lui ai-je-demandé innocemment, *« Avez-vous envisagé de quitter l'Agence Bordure de Sécurité ? Avec vos compétences vous pourriez trouver un poste bien mieux rémunéré dans une entreprise du secteur privé ».*

« Pÿa, j'aime mon travail, les projets sont passionnants, l'ambiance au travail est agréable »

Moi, sur un ton paternaliste : *« Oui, je comprends. Ces conditions peuvent compenser une rémunération un peu faible »* et après un silence :

« C'est ce que je pensais à votre âge ». Un nouveau silence puis :

« Mais aujourd'hui je ne regrette pas la décision que j'ai prise ». Et à nouveau, un silence. J'attends sa réaction.

« Quelle décision avez-vous prise ? »

Ça y est ! Il est ferré.

« Eh bien, comment dire … Je fais des heures supplémentaires … »

« Ma foi, qui n'en fait pas ! »

« Des heures supplémentaires … pour un autre employeur… »

« Pour un autre employeur ? »

« Oui. Je suis expert au ministère de l'Industrie, comme vous le savez, mais je travaille aussi pour le groupe PingPong »

« Le groupe PingPong ! Vous parlez du groupe corchinois PingPong ? »

« C'est cela »

Pat m'a regardé, incrédule. Puis un sourire est venu illuminer son visage :

« Je ne vous crois pas. Vous me faites une blague »

« Pas du tout. Et vous pourriez faire de même. Ils recherchent des profils comme le vôtre. Si vous voulez je peux leur transmettre votre dossier »

Son sourire s'est figé. Son regard, devenu perçant, m'a fixé. Intensément. J'étais scanné, radiographié, IRMisé, je sentais son esprit lire dans le mien, mes pensées ouvertes aux quatre vents. Cela dura de longues secondes durant lesquelles, tétanisé, mon cerveau était aspiré, pompé, vidé ! Puis cela cessa.

« Inutile » m'a-t-il répondu.

« Inutile » ai-je écholalié, puis reprenant mes esprits *« Je comprends votre position. Oublions cette conversation, s'il vous plait »*

– Jusque-là, tout s'est passé comme prévu. Vous avez joué au recruteur corchinois, il n'a pas accepté, c'est tout à son honneur. Sa réaction est celle d'un bordure fidèle à sa patrie. A quoi vous attendiez-vous d'autre ?

– Attendez la suite.

« Non, Monsieur Tagluc, je ne vais pas l'oublier et je vais vous dire pourquoi. Je sais que vous n'êtes pas un expert du Ministère chargé vérifier notre système de sécurité, je sais que vous n'êtes pas venu pour recruter un traitre à notre patrie, la Bordurie. Quel procédé pitoyable. Et, permettez-moi de vous le dire, vous faites un bien piètre espion corchinois, Monsieur Tagluc. »

« Vous avez raison. Vous n'êtes pas tombé dans le piège tendu par les SSB. Félicitations Pat. Je suis heureux que vous ayez déjoué cette manœuvre et surtout que vous ne soyez pas un traitre à notre patrie. J'espère que vous ne m'en voudrez pas et que notre relation n'en sera pas affectée » lui dis-je.

Il a poursuivi :

« J'en doute. Je n'ai pas confiance en vous Monsieur Tagluc. J'ai lu dans votre jeu et j'ai vu que vous jouiez un 'double' jeu ... » Un silence. *« Non, en réalité un 'triple' jeu. Qui êtes-vous Monsieur Tagluc ? Pour qui travaillez-vous ? »*

« Voyons, Pat, pour les SSB ! »

« Non Monsieur Tagluc. Vous ne travaillez pas pour les SSB. Vous êtes un espion. Je le sens. Vous travaillez pour une puissance étrangère, les Transylvestres, les Syldaves, je ne sais lesquels, mais je le prouverai. Au revoir Monsieur » et sur ce il se leva.

« Je vous laisse payer la note » dit-il sèchement, et il sortit du restaurant.

— Vous comprenez maintenant pourquoi je vous ai tout de suite contacté. Ma couverture ne va pas tenir longtemps, je vais me faire arrêter par les SSB et tout notre plan va s'écrouler.

– Vous avez bien fait de nous appeler. Nous allons régler le cas de Pat Cygalu. Ne vous inquiétez pas, c'est comme si c'était fait. De votre côté, concentrez-vous sur la façon d'aborder l'entretien avec Luca Patyg.

Paule

Fin du sixième chapitre. Jusque-là Pÿa s'en était bien tiré mais depuis la rencontre avec Pat Cygalu il semblerait que le vent tourne. Certes, les SSS ont déclaré qu'ils allaient résoudre le problème dans les délais les plus brefs. Oui, mais comment ?

J'avoue que, là tout de suite, je ne sais pas encore comment ils vont s'y prendre. Enfin, plus précisément, je ne sais pas comment je vais m'y prendre pour écrire ce septième chapitre. Je manque d'imagination …

Je regarde ma montre. Midi ! Un petit creux à l'estomac. J'ai faim. Je vais commander un taxi pour descendre déjeuner en ville. Je reprendrai la rédaction à mon retour à l'Hôtel.

Paule

Cet intermède a été très bénéfique et m'a mise de bonne humeur. Je vais vous raconter.

Le taxi m'a déposée à Leu Nivo, au carrefour des rues Ibn Moussa (*quelle idée d'appeler ça une 'rue'*) et Ali Gator. La place Shah Nouan Kir, où se situaient *'Chez Marthe et Paul'* le meilleur restaurant de Perd, était à une encablure de là et j'ai décidé de finir le trajet à pied. Je fréquente cet établissement depuis qu'il a été repris par Marthe Aupilon et Paul Ichinel, des ressortissants portugnols qui ont su marier admirablement la cuisine traditionnelle ibérique avec les recettes typiques de la Karpiskie et je me réjouissais par avance du repas qui m'attendait.

Comme d'habitude les échoppes de la rue Ibn Moussa (*franchement, attribuer la dénomination de rue à cette étroite ruelle m'interpellera toujours*) débordaient sur les trottoirs. Je tentais de me frayer un chemin dans ce bazar à ciel ouvert quand j'ai été interpellée :

– *Dix dromads, le sac. Dix dromads, ce n'est pas cher.*

Je me suis retournée. C'était le commerçant à qui la veille j'avais acheté mon Vuitton en peau de veau. Visiblement, il ne m'avait pas reconnue et, je vous l'avoue, cela m'a surprise. Surprise et légèrement vexée. *'Pas très physionomiste, le gars'*. Il tente de me fourrer un sac entre les mains.

– *Vous êtes ma première cliente de la journée et vous savez, la première cliente est sacrée. Je vous le fais à neuf dromads cinquante.*

'Il est plus de midi et il veut me faire croire que je suis sa première cliente' me suis-je dit.

– *Neuf dromads*

'Et sans discuter il baisse à neuf dromads !'

– *Touchez la qualité, Madame. Du pur veau. Huit cinquante*

'Alors là, j'ai l'impression de m'être fait avoir' me suis-je dis.

Et l'idée d'avoir été pour ce bonhomme qu'une touriste dont il s'était permis d'oublier le moindre trait dans la minute qui avait suivi la vente et qu'il ne restait dans son esprit que le souvenir d'une dizaine de dromads gagnés sans trop d'efforts m'a agacée au plus haut point. Instantanément je l'ai haï et j'ai eu envie de lui donner une leçon. Je ne savais pas encore quoi, mais j'allais trouver et cela devait le marquer.

Je fouille dans ma poche, j'en ressorts un billet de dix dromads, l'agite entre mes doigts (le temps de voir une lueur briller dans la pupille de ses yeux concupiscents) puis fais mine de réfléchir et le remets en poche en savourant sa déception.

– *Avez-vous d'autres modèles ? Plus …* lui ai-je demandé.

– *Plus ?*

– *Enfin, moins …*

– *Moins ?*

– *Disons, différents.*

– *Bien sûr. Suivez-moi. J'ai exactement ce qu'il vous faut,* et il entre dans son échoppe. Et là, je lui fais déballer tous les sacs de son stock, « *Trop petit* », « *Trop grand* », « *Pas assez profond* », « *Trop lourd* », « *Pas assez coloré* », « *Trop clair* », « *Trop sombre* », « *Je n'aime pas la fermeture* », « *Le crochet est trop gros* » « *La bandoulière est trop fine* », « *Là, elle est trop large* », etc etc. et il ouvre des cartons et des cartons. Et quand il n'y en a plus, il descend à la cave pour en chercher d'autres. Quand ils eurent tous été vidés au sol et que la faim commençait sérieusement à me tenailler l'estomac, sur un « *Non. Dommage. Merci et au revoir* », je l'ai laissé en plan, satisfaite du tour que je lui avais joué.

Et c'est le cœur joyeux que j'ai rejoint le restaurant *'Chez Marthe et Paul'*. A part deux hommes installés à l'autre bout du restaurant, dans une partie reculée de la salle, j'étais la seule cliente.

En entrée, une assiette d'amêijoas servies sur un lit de topinambour, puis un gratin d'arroz de marisco arrosé d'un tokay et pour finir une crème brulée au topinambour ! Un délice ! Un pur moment de félicité.

En sortant du restaurant j'ai évité de prendre la rue Ibn Moussa (*qui franchement ne mérite pas d'être élevée au rang de 'rue'*) – je n'avais pas l'intention de trouver sur ma route le marchand de sacs. La rue Ali Gator était barrée par un cordon de policiers (un grave accident de la circulation, au moins une personne décédée, une moto contre un camion d'après des témoins) et j'ai dû faire un détour par la rue Martin Gale.

'*C'est là où habite Luca Patyg*' me suis-je dit. '*Je vais lui rendre visite. Cela me donnera peut-être des idées sur la conduite de l'entretien entre lui et Pÿa*'.

Luca était chez lui. Dès qu'il m'a ouvert la porte j'ai senti qu'il y avait un problème. Il était soucieux, non, pas soucieux, pire, il était perdu, anéanti, vidé.

« *Que se passe-t-il Luca ?* »

« *J'ai rendez-vous avec un responsable du ministère de l'Industrie* ».

« *Oui, je sais. Et alors ?* »

« *Il vient pour vérifier le dispositif de sécurité des usines mais je crains que ce soit un prétexte* »

« *Un prétexte, dites-vous !* »

« *D'après moi, il est agent de la StasiB* »

« *La Stasib ! La police politique ! Je n'avais pas envisagé cela !* »

« *C'est vous l'autrice, non ?* »

« Certes »

« Il vient pour tester ma fidélité à ma patrie. Il va m'interroger et découvrir que vous avez fait de moi un traitre. Vous savez ce que cela signifie : je suis foutu ! »

Et là, cher lecteur, l'idée est venue ! Magique !

« Je vois bien une solution » lui ai-je dit.

« Je vous écoute »

« Une solution qui fera de vous un patriote intègre, au-dessus de tout soupçon »

…

Je lui ai décrit la solution puis je suis partie. J'ai pris un taxi qui m'a conduite jusqu'à l'Hôtel.

Je me suis installée à mon bureau et j'ai écrit les chapitres Sept et Huit de *« Une taupe dans les topinambours »*.

Chapitre 7

Il est midi. Les rayons verticaux du soleil écrasent de leur poids les ombres qui au cours de la matinée ont perdu leur filiforme inclinaison.

Je fixe le dos de la femme qui marche quelques mètres devant moi. Elle a consciencieusement évité le quartier des tanneurs (l'odeur) et nous sommes maintenant dans le souk, Rue Ibn Moussa (*'Dans quel esprit tortueux a pu émerger l'idée de désigner par 'rue' une telle traboule'* me dis-je) en plein cœur du centre historique de Perd.

La filature va s'avérer délicate dans une ruelle aussi étroite. Je vais devoir prendre d'extrêmes précautions si je ne veux pas me faire remarquer.

De part et d'autre se tiennent des boutiques qui déversent jusque sur le trottoir leurs lots de marchandises. Cette ruelle, spécialisée en articles de peausserie, n'est qu'une succession d'échoppes où s'alignent des centaines de faux sacs de marque, des Ralph Lauren, des Vuitton, des Armani, des Chanel, tous plus faux les uns que les autres.

La femme s'arrête devant l'une d'elle. Je stoppe à mon tour quelques mètres avant, devant une autre boutique en tout point identique. La femme est immédiatement apostrophée par un marchand surgi de derrière un amoncellement de cartons.

« *Dix dromads, le sac. Dix dromads, ce n'est pas cher* » dit-il.

'*Elle ne va tout de même pas en acheter un autre !*' me suis-je dit. '*Déjà qu'hier elle s'est fait rouler avec un faux Vuitton à neuf dromads !* '.

Visiblement, le marchand ne l'a pas reconnue et s'apprête à lui rejouer son scénario.

Comme par écho, un marchand s'approche de moi et me dit :

– *Dix dromads, le sac. Dix dromads, ce n'est pas cher.*

'*Décidément, Ils se sont donné le mot*' me dis-je et c'est sans surprise qu'il débite :

– *Vous êtes mon premier client de la journée et vous savez, le premier client est sacré. Je vous le fais à neuf dromads cinquante.*

Au même instant, j'entends l'autre commerçant déclarer à la femme :

« *Vous êtes ma première cliente de la journée et vous savez, la première cliente est sacrée. Je vous le fais à neuf dromads cinquante* ».

'*Non, ça alors ! Il est plus de midi ! Ils en font trop !* '

« *Touchez la qualité, Madame. Du pur veau. Huit cinquante* »

Je la vois qui fouille dans sa poche, en sort un billet, hésite et le remet dans sa poche. Puis tous deux disparaissent à l'intérieur de l'échoppe.

J'esquisse un sourire que 'mon' vendeur prend pour un consentement.

– *Touchez la qualité, Monsieur. Du pur veau. Huit cinquante,* me dit-il en me fourrant le vrai faux Vuitton entre les mains. Je me retiens de lui dire « *Votre sac est un faux* » (il n'est pas question de prendre le risque d'un attroupement –

ces marchands sont si susceptibles). Je me contente d'un « *En effet, quel beau sac !* » tout en observant l'échoppe voisine où est entrée la femme. J'ai droit à la totalité des pratiques de tous les marchands du souk : flatter le client « *Je vois que vous êtes spécialiste* », baisser le prix en lui attribuant le mérite « *Vous, vous êtes durs en affaire !* », toucher à la corde sensible « *Grâce à vous je vais pouvoir nourrir ma famille* » pour conclure généralement par un « *Tenez, pour le même prix, je vous donne ceci* » en exhibant un second article. Durant cette palabre – qui me donne un excellent prétexte pour rester sur place – je ne quitte pas des yeux l'échoppe voisine.

La femme finit par en ressortir l'air satisfait, … sans avoir acheté un nouveau sac et elle poursuit son chemin.

' *Parfait ! Elle ne s'est pas fait avoir* ' me suis-je dit.

– *Et à ce prix-là, j'y perds,* me lance mon boutiquier auquel je réponds

– *Merci pour l'offre mais je suis désolé ; je ne voudrais pas vous faire perdre de l'argent.*

Je suis à nouveau quelques mètres derrière la femme. Nous arrivons Place Shah Nouan Kir. Elle entre chez '*Marthe et Paul'*. Je m'approche et par la vitre je jette un œil à l'intérieur. Un serveur s'approche d'elle et la conduit s'installer. Elle est la seule cliente hormis deux hommes en grande discussion assis à une table reculée dans un coin de la salle. Je ne peux entrer sans immanquablement me faire remarquer par elle. Aussi je décide d'attendre à l'extérieur. J'achète un journal au kiosque voisin et me pose sur un banc. Cela ne fait pas une demi-heure que je suis là que l'un des deux clients sort du restaurant, visiblement contrarié. Mon téléphone sonne au même instant. Une voix de femme :

« Code 12. L'homme qui vient de sortir du restaurant »

Je connais le code 12 : Cesser toute activité séance tenante et neutraliser la personne indiquée. Je récite dans ma tête (code 11 = suicide, code 12 = accident, code 13 = noyade, …). Donc, accident. J'abandonne mon poste de surveillance et je suis l'homme. Jeune, grand, athlétique. Il s'approche d'une moto garée sur le trottoir, sort un casque du coffre, s'en coiffe et démarre. J'ai très peu de temps pour intervenir. Pas de témoin hormis un vieil homme qui claudique canne en main sur le trottoir opposé. Au moment où 'code 12' passe devant moi je sors discrètement mon arme – j'ai toujours une arme munie d'un silencieux cachée dans un étui à violon – et je tire. Je l'ai touché, sa moto zigzague un instant puis va percuter un camion qui arrive en sens inverse. Le camion n'a pas le temps de freiner et sur son élan traine la moto qui glisse sur le chaussée en faisant des étincelles. Lorsqu'il s'immobilise, la moto est coincée entre les roues avant du camion. L'homme a une jambe prise sous son engin et tente de se dégager. De l'essence s'écoule du moteur du camion et tout de suite des flammes courent sur la chaussée et atteignent l'homme. Il crie de peur et de douleur. Ses yeux me fixent et implorent du secours. *'Je n'ai même pas besoin de l'achever, le feu va s'en charger'* me dis-je satisfait. Je détourne le regard et me dirige vers le restaurant. Je jette un œil à l'intérieur. La femme est attablée dégustant une crème brulée ; je trouve son choix de dessert particulièrement de circonstance ! Je retourne à mon banc.

Un quart d'heure plus tard elle sort du restaurant. Je la suis discrètement. Nous empruntons la rue Martin Gale. Elle et entre dans la maison située au 22. Elle en sort peu après, visiblement satisfaite de sa visite. *'Trop court pour une rencontre amoureuse'* me dis-je. Je m'apprête à reprendre ma filature quand je reçois un nouveau coup de téléphone. La même voix de femme :

« Code 11. L'homme qui habite au 22 rue Martin Gale »

« C'est comme si c'était fait ! »

Je suis entré dans la maison. Un homme était là. *'Je vous attendais'* m'a-t-il dit. *'On fait comment ?'.*

' Eh bien ' lui ai-je-dit, *' On a trois solutions. La pendaison, le défenestration ou la balle dans la tête. La pendaison, c'est très désagréable, je ne vous conseille pas, le défenestration, ici ne marchera pas, vous habitez en rez-de-chaussée, je pense que le mieux, c'est la balle dans la tête '.*

' D'accord pour la troisième solution, mais … je n'ai pas de révolver '.

' Ne vous inquiétez pas ', lui ai-je-répondu en sortant mon pistolet de son étui à violon. *' J'ai ce qu'il faut. Mais avant, on doit régler un détail. Avant un suicide, la tradition veut que le suicidé écrive une lettre d'adieu. Ça donne de la crédibilité. Je vous laisse faire, je me chargerai du reste '.*

Il a écrit sa lettre et j'ai fini le boulot.

Le sort s'acharne sur EDB (Electricité de Bordurie) : EDB touchée par deux fois dans la même journée !

Alors que nous apprenions la mort de Pat Cygalu, ingénieur à EDB chargé de la sécurité des installations, on nous communiquait la mort de celle de son collègue Luca Patyg.

Pat Cygalu revenait d'un repas d'affaires en centre-ville et se rendait dans l'usine de production nucléaire de Perd quand sa moto, pour une raison encore inconnue, a fait un écart et est venu s'encastrer dans un camion qui circulait en sens inverse. Sur le choc sa moto a pris feu et le malheureux Pat Cygalu est mort carbonisé. Une autopsie des cendres sera effectuée dans les jours prochains.

La Direction de l'EDB a tenté de joindre Luca Patyg, le directeur de la Sécurité. Inquiet de son absence, une estafette a été envoyée le chercher à son domicile, au 22 rue Martin Gale et c'est là qu'il a été retrouvé. Il déclare dans une lettre découverte sur les lieux que la mort accidentelle de son collègue Pat Cygalu l'a bouleversé au point de se donner la mort.

La Direction de EDB tient à rassurer la population : la sécurité des installations est maintenue. La procédure de secours a été enclenchée, les installations sont maintenant pilotées par un progiciel intégré que EDB avait par anticipation acquis auprès de partenaires fiables.

La Gazette de Perd

Paule

Ouf ! La mort '*accidentelle*' de Pat et le '*suicide*' de Luca tombent bien. Pÿa n'aura pas l'occasion d'interroger Luca Patyg et par voie de conséquence il n'a pas à se soucier de la façon d'aborder la rencontre. Il ne sera pas rongé par les remords pour l'avoir dénoncé aux SSB et son suicide l'affranchit de la responsabilité de son arrestation et de sa mort. Quant à Pat Cygalu, Pÿa n'a plus rien à craindre de lui : fini le risque qu'il informe les SSB des doutes qu'il entretenait à son sujet.

Je vois à peu près comment vont s'articuler les derniers chapitres de « *Une taupe dans les Topinambours* ».

Pendant les deux ans qui vont succéder à ces événements, Pÿa Tagluc va poursuivre ses activités d'agent des SS Syldaves infiltré au sein des SS Bordures et … manipulé à son insu par les SS Transylvestres. A son actif, et d'une façon involontaire :

1) Les topinambours syldaves et bordures seront atteints de cryptocoxalgamie foudroyante (une infection due à un champignon transmis par le polyneoptera blattodea topinamboura artificiellum !) que les plus puissants antifongiques ne pourront éradiquer totalement. Les rendements agricoles en seront terriblement affectés. Les autorités syldaves et bordures seront amenées à importer massivement du topinambour transylvestre qui curieusement n'a pas été atteint par cette maladie.

2) Les usines électriques bordures et syldaves seront sujettes à de fréquentes interruptions de production dont le caractère aléatoire rendra perplexes les ingénieurs chargés de la sécurité des installations. La Bordurie et la Syldavie se fourniront – au prix fort – en énergie auprès de la Transylvestrie voisine.

Bordures et Syldaves vont s'accuser mutuellement de tous les maux qu'ils subissent (sans pouvoir naturellement en fournir les preuves dans la mesure où les attaques venaient indirectement de la Transylvestrie !).

Ce n'est qu'au cours des rencontres débutées le 20/03/2003 – connues sous le nom de *'Rencontres de Perd'* – que les relations entre ces deux pays vont s'apaiser. Un premier accord de non-agression mutuelle sera signé. Durant une année les SSB et SSS vont échanger leurs informations et parviendront à la conclusion que la source de tous leurs problèmes est à chercher hors de leurs frontières. En ligne de mire la Corchine et la Transylvestrie.

C'est dans ce contexte géopolitique que Pÿa, dans le cadre d'une Conférence Internationale, se trouve à Perd le 10/05/2004. A la veille de faire une présentation il reçoit la missive (déjà mentionnée plus haut) :

Nous avons été trahis.
Fuyez mon ami, pendant qu'il est encore temps.
Vive la Syldavie, notre mère Patrie

Lucy

Nous connaissons cette Lucy. Souvenez-vous, nous l'avons croisée dans les premiers chapitres de ce roman. C'est Lucy Pagat, chercheuse dans le Laboratoire dirigé par

Agat Cyplu, la responsable des SS Transylvestres. (Mais cela, Pÿa ne le sait pas encore, Lucy étant un prénom usuel en Karpiskie).

Question ! Pourquoi ce message ? Réponse : Les SS Transylvestres sont au courant du rapprochement entre Bordures et Syldaves et savent que le pion Pÿa va sauter. Il faut alors faire disparaître toute trace de leur implication et du rôle qu'ils ont fait tenir à Pÿa. Le plan est simple : le *'neutraliser'*. La lettre glissée sous la porte est supposée l'inciter à fuir, pour ensuite le capturer et l'éliminer.

C'était sans compter sur l'intervention de Taga Plucy, le responsable de la sécurité de l'Hôtel Beau Rivage. Ce dernier est un agent dormant corchinois qui voit là l'occasion de s'emparer d'un agent étranger. Il tend un piège à Pÿa en lui faisant rédiger une lettre annonçant son suicide puis l'encourageant à fuir par un tunnel creusé sous le Domaine. Les SS corchinois prévenus attendent Pÿa à la sortie du tunnel prêts à le cueillir comme un fruit mûr.

Or le plan ne se déroule pas comme prévu : Pÿa ne s'échappe pas par le tunnel. Par un surprenant concours de circonstances il demande l'asile à Agat Cyplu sans connaître son rôle au sein des SS transylvestres. Une fois en Transylvestrie, déclaré officiellement mort et après une intervention chirurgicale qui modifiera son aspect physique il ne présentera plus de danger pour les SS transylvestres. Au contraire, connaissant parfaitement les rouages des SS syldaves et bordures il rendra de grands service aux SS transylvestres avec qui il collaborera jusqu'à sa mort.

Je pense que j'ai là matière à écrire quelques chapitres. Mais d'ici là, venons-en au chapitre Huit. Il est temps de s'intéresser au tueur à gages introduit au chapitre précédent.

Chapitre 8

C'est fou le nombre de gouttes d'eau qui ne font pas déborder le vase, mais c'est encore plus fou de penser qu'une seule peut entraîner un désastre. Et à l'instant présent, l'homme avait le présentiment absolu que la dernière goutte était là et que le robinet du destin allait la laisser s'échapper.

– *Où allons-nous ?* demanda le chauffeur.

– *Hôtel Beau Rivage.*

– *Bien Monsieur. Il nous faudra une bonne heure à cause des embouteillages. J'espère que vous n'êtes pas pressé.*

L'homme ne répondit pas. Il se reprochait d'avoir accepté ce code 13. La pratique de son métier lui avait appris à refouler tout sentiment d'empathie envers ses cibles, mais là, c'était bizarre, inhabituel. Une alarme intérieure avait sonné. Aussi il avait pris la décision que ce contrat serait le dernier. Il allait l'honorer, il ne pouvait faire autrement, mais une fois fait il prendrait sa retraite. Depuis le temps qu'il pratiquait ce job presque trente ans déjà – il avait accumulé suffisamment d'argent pour vivre jusqu'à la fin de ses jours. Il avait prévenu ses commanditaires qu'il serait inutile de le recontacter, il disparaîtrait de la circulation. Sans laisser d'adresse.

Malgré l'étrange pressentiment qu'il avait ressenti à l'annonce du nom de sa future cible, il était très calme. Il savait, depuis le temps, gérer ses émotions. On le payait assez cher pour que la moindre erreur, la moindre imprécision lui soit interdite.

– *Hôtel Beau Rivage. Nous sommes arrivés !* dit le chauffeur en pointant de son doigt une imposante grille. A son sommet, écrit sur deux lignes en lettres de fer forgé on peut lire '*Hôtel Beau Rivage*'.

– *Attendez-moi là. Je n'en ai pas pour très longtemps,* dit l'homme en descendant du véhicule. Il grimpe les marches du perron et se dirige vers l'accueil de l'hôtel et d'un ton amical, à l'adresse de l'hôtesse :

– *Pouvez-vous, s'il vous plait, prévenir Madame Paula que quelqu'un désire lui parler. Une affaire de la plus haute importance.*

– *Bien Monsieur. Qui dois-je annoncer ?*

Avec un large sourire appuyé d'un clin d'œil complice l'homme répond :

– *C'est une surprise. Je l'attends au salon.*

Quelques minutes s'écoulent avant que Paula n'apparaisse en bas de l'escalier conduisant aux chambres.

– *Madame Paula, un Monsieur vous attend au salon.*

– *Merci Lucy.*

Un instant plus tard, dans le salon :

– *Bonjour Madame,* dit l'homme

– *Bonjour Monsieur. Monsieur ... ?*

– *Nous ne nous sommes jamais vus, mais nous nous connaissons. Nous nous connaissons … indirectement. Je me présente. Je suis … l'homme.*

– *Ah, c'est vous ! Je ne vous voyais pas comme ça. Plus jeune peut-être. Je vous écoute.*

– Je vous prie de m'excuser. Je sais que vous êtes très occupée à travailler sur votre prochain roman et je serai bref. J'ai quelque chose de très important à vous annoncer, quelque chose qui risque de modifier la suite du roman et … votre avenir.

– Diable. Modifier mon avenir ! Je vous écoute, Monsieur.

– Je dois vous avertir que … comment dire … je dois vous donner la raison qui me conduit à vous rencontrer aujourd'hui. Marchons si vous le voulez bien. Allons jusqu'à la plage.

Ils descendent les marches du perron et prennent le chemin de la plage.

– Voilà. Je vais être direct. Cela ne sert à rien de tourner autour du pot. Je suis le tueur à gages de votre roman …

– Je me doutais que nous nous croiserions un jour ou l'autre.

– … et vous êtes ma prochaine cible !

– Comment ça ?

– Je suis désolé, mais j'ai un contrat code 13 sur vous.

– Ce doit être une erreur. Attendez, réfléchissons … Vous n'êtes pas pressé ?

– Non, j'ai tout mon temps. Vous savez, enfin vous ne savez peut-être pas, mais vous êtes mon dernier contrat. Après avoir réglé votre cas, c'est la retraite ; alors du temps, ce n'est pas ce qui va me manquer.

– Vous m'en voyez ravie.

Tout en marchant sur le sentier entre les cades et les mimosas, elle réfléchit à haute voix.

— *Je comprends. Il est vrai que mon roman va dévoiler un certain nombre de pratiques des Services Secrets. Et ceux-ci, qu'ils soient SS Bordures, Syldaves ou Transylvestres ont tout intérêt à ce qu'elles ne soient pas publiées. Je cite des noms d'agents encore en activité ... Au fait, qui sont vos commanditaires ?*

— *Je n'en sais rien.*

— *Evidemment ! Mais j'y pense, vous disiez que j'étais votre dernier contrat.*

— *C'est exact. Après vous, je raccroche.*

— *J'ai une solution à vous proposer.*

— *Une solution pour quoi ?*

— *Pour ne pas me supprimer !*

— *Mais c'est contraire à ma déontologie. Et pensez à ma réputation.*

— *Après moi, vous arrêtez votre activité. Vous disparaissez, non ?*

— *Oui.*

— *Et donc, votre réputation ne va pas en souffrir.*

— *Certes, mais je dois vous tuer, code 13, c'est l'objet de ce chapitre, et vous allez mourir dans quelques pages.*

Silence. Puis Paula reprend :

— *Nous sommes dans un roman, n'est-ce pas ?*

— *Oui.*

— *Et j'en suis l'autrice ?*

— *Oui.*

– Si vous me tuez maintenant, qui va terminer ce chapitre ? Eh bien, je vous demande : qui va terminer l'écriture de ce chapitre ? Et le livre ? Vous peut-être ?

– Beh non ! Pas moi. Je suis tueur à gages, pas écrivain.

Vous voyez l'aporie ?

– Aporie ?

– Passons ! Vous êtes conscient que vous ne pouvez pas m'éliminer maintenant. On est à peine à la page 71. D'accord ?

– C'est vrai que le roman serait bien court s'il s'arrêtait là ! Mais alors, que fait-on ?

– Pour l'heure, il faut que vous abandonniez l'idée de me supprimer aujourd'hui. Attendez que nous ayons atteint, disons ... la page 145. Ça vous convient ?

– Pas de problème, pourvu que je vous supprime.

– Code 13 vous avez dit. C'est quoi ce Code 13 ?

– Code 13 c'est noyade. Code 11 : suicide ; Code 12 : accident ; Code 13 : noyade ; Code 14 : empoisonnement ; Code 15 : incendie ; code 16 : arme à feu ; code 17 : ... recite consciencieusement l'homme.

– C'est bon, c'est bon. Donc noyade. Laissez-moi réfléchir.

Quelques secondes plus tard :

– Voilà ce que l'on va faire. On va louer un bateau en précisant que l'on a l'intention de faire de la plongée sous-marine dans les eaux du golfe. On embarque, on fait le tour du cap et à l'abri des regards vous me déposez sur la plage. Vous repartez en mer, vous plongez un petit moment et

pendant ce temps je quitte discrètement l'hôtel. A votre retour à terre vous dites que j'ai été attaquée par un requin qui m'a entraînée dans les profondeurs et que vous n'avez rien pu faire pour me sauver. Pour vos commanditaires le contrat sera rempli.

Entre temps je me serai réfugiée dans un endroit isolé où je vais pouvoir achever mon roman. Je vous préviens quand c'est fait, c'est l'histoire de quelques semaines, vous venez me rejoindre et vous me tuez. Votre éthique professionnelle est intacte. Qu'en dites-vous ?

– Ma foi ! Pourquoi pas !

L'homme et l'autrice remontent de la plage et se rendent au desk.

– Lucy, pouvez-vous, s'il vous plaît, appeler un loueur de bateau. Nous avons l'intention de passer l'après-midi en mer. Avec deux équipements de plongée, s'il vous plaît.

– Bien sûr. Tout de suite, Madame Paula.

– Je vais me préparer. Rendez-vous à l'embarcadère, dit Paula et ils se séparent.

Chapitre 9

Attaque de requin en mer Karpiskienne

On vient d'apprendre la disparition de l'écrivaine Paula C. Elle séjournait à l'Hôtel Beau Rivage, établissement qu'elle fréquente régulièrement. « C'est l'endroit idéal pour enrichir l'inspiration du romancier et développer son souffle créatif » nous avait-elle déclaré lors d'un entretien qu'elle nous avait accordé dernièrement (voir La Gazette de Perd du 05 février dernier). En compagnie d'un ami, elle était partie pour une séance de plongée sous-marine. Ne les voyant pas revenir à l'heure prévue l'alerte a été lancée.

Leur embarcation a été retrouvée vide. Un corps d'homme démembré a été retrouvé flottant proche du canot, victime d'une attaque de requin. On n'a pas retrouvé le corps de Paula C. mais son sort semble malheureusement identique à celui de son ami. La littérature a perdu aujourd'hui une des plus brillantes romancières Karpiskiennes.

La Gazette de Perd

Paule

Je vous rassure ! Contrairement au tueur à gages je n'ai pas servi de casse-croute aux requins.

J'ai décidé – c'est tout de même moi l'autrice du roman et je fais ce que je veux de mes personnages – que l'homme ne me tuera pas et qu'il ne survivra pas à la sortie en mer. Mais quel gros béta ! Quel naïf ! Il s'imaginais que j'allais attendre tranquillement qu'il vienne me supprimer ! Franchement !

Donc, dès le prochain chapitre je vais réapparaître.

En contrepartie j'ai décidé d'abandonner l'écriture de « Une taupe dans les topinambours ». Je crains en effet que les Services Secrets, Syldaves, Bordures, Transylvestres ou Corchinois, peu importe lesquels, ne recrutent un nouveau tueur à gages pour m'éliminer. Par précaution je vais prendre contact avec eux et m'engager à ne pas poursuivre l'écriture du roman.

Mon éditeur va m'en vouloir. Il comptait sur ce roman pour redresser ses finances, mais bon, ce n'est pas lui qui risquait sa peau dans cette histoire, alors …

Chapitre 10

Sauvetage en mer Karpiskienne

Heureuse conclusion. L'écrivaine Paula C. est vivante ! Elle est miraculeusement sortie indemne d'une attaque de requins qui a fait, rappelons-le, une victime, un ami de Paula C.

C'est lors d'une séance de plongée sous-marine que l'accident a eu lieu. Nous ne dirons jamais assez le danger que représente ces animaux qui rodent près de nos côtes à la recherche de nourriture.

Pendant que le squale et l'homme engageaient une lutte féroce – lui avec un couteau de marque Laguiole, (12cm, modèle acier Damas, abeille forgée, mitres inox mat, manche en corne de bélier), l'animal avec ses centaines de dents, le combat était inégal – Paula C. a pu regagner le rivage à la nage. C'est là que les secours l'ont retrouvée ce matin, choquée, épuisée mais sauve.

La Gazette de Perd

– Le mécanisme d'identification fonctionne. Paule s'est glissée dans la peau de Paula, le personnage du roman. Nous approchons de la solution, Lucie.

– Oui, mais elle arrête là son roman. Vous êtes sûr que cela va marcher ?

– Elle arrête son roman, certes, mais nous allons faire ce qu'il faut pour qu'elle en démarre un nouveau. Non, je vous assure, nous allons réussir. Un peu de patience et elle sera guérie.

– J'admire votre optimisme, Docteur.

– J'ai de bonne raison d'être confiant, Lucie. Vous avez remarqué à quel point ces trois crimes sont parfaitement maîtrisés. Ils passent soit pour un accident, soit pour un suicide. Et puis, vous avez vu ? Ses grands-parents sont présents dans l'histoire.

– En effet. Astucieux le coup des tapis posés au sol qui lui rappellent la maison de ses grands-parents.

– Et maintenant qu'ils sont dans le roman, il n'y a plus qu'à inventer une réalité alternative acceptable et elle en sortira guérie définitivement.

– Réalité alternative ? Que voulez-vous dire ?

– Enfant, elle a été témoin de l'assassinat de ses grands-parents, un traumatisme qu'elle a évoqué dans la préface de son pseudo-roman *« Une taupe dans les Topinambours »*. On n'a jamais trouvé la trace des criminels, ni les raisons de leur exécution. Ce manque est à l'origine de ses troubles psychologiques qu'aucun traitement n'a pu jusque-là atténuer. Tout a été tenté et en dernier recours elle nous a été confiée. Nous allons tester sur elle la prise de contrôle partiel de sa psyché à l'aide de nouvelles molécules développées dans notre laboratoire ; une approche que l'on pourrait qualifier de méta-psychanalyse indirecte. L'objectif final est de l'amener à croire à une '*noble*' explication de la mort de ses grands-parents. Pour cela, on va lui faire écrire un roman dans lequel un couple de personnes âgées se seraient sacrifiés pour leur patrie. Paula, leur petite-fille, le personnage principal du roman (elle-même romancière), sera fière d'eux et portera leur deuil en étendard.

– Et cette fierté rejaillira sur l'autrice du roman, à savoir Paule.

– Exactement. Un mécanisme complexe de transfert entre auteur et personnages décrit entre autres dans *« L'affaire Topinambour »*

– Que Dieu vous entende !

– Laissez Dieu en paix. Il a d'autres chats à fouetter. Dans un premier temps, quelques pilules de Mythose l'ont convaincue qu'elle était romancière. Nous pouvons être fiers de cette réussite, ce n'était pas gagné et vous êtes bien placée pour savoir que Dieu n'y est pour rien ! Donc, elle est persuadée d'être l'autrice d'un roman intitulé *« L'Affaire Topinambour ».* Puis, nous lui avons suggéré d'en écrire une suite – dans laquelle précisément se trouverait des grands-parents assassinés dans les mêmes circonstances que les siens – et grâce à la prise de Créativose que nous lui administrons régulièrement elle s'est mise à la rédaction de *« Une taupe dans les topinambours ».* Il faut reconnaître qu'elle s'en tire pas mal pour une débutante.

Une des clefs du romanesque est d'alimenter la fiction par du concret et il faut reconnaître qu'elle maîtrise cet exercice à la perfection. Tenez, par exemple, l'accident de moto d'un ingénieur et le suicide d'un responsable de la Sécurité de EDB sont devenus des assassinats perpétrés par un tueur à gages dans son roman.

– Oui, mais malheureusement, elle a interrompu l'écriture de « *Une taupe dans les topinambours* » avant d'avoir abordé la mort de ses grands-parents.

– J'avoue que cela a un peu perturbé notre plan. Mais nous avons les moyens qu'elle en démarre un nouveau et qu'elle le conduise jusqu'au bout. Donc, vous allez l'inciter gentiment à se remettre à l'écriture et vous ajoutez à la Créativose une pilule de Slipose. Son imagination et les idées que nous introduirons dans son cerveau durant son sommeil feront le reste.

– De la Slipose, la pilule de télépathage unidirectionnel ?

– Oui Lucy. *'Aux grands maux, les grands remèdes'* n'est-ce pas !

– Bien Docteur …

Paule

Effectivement, mon éditeur n'a pas apprécié ma décision de stopper l'écriture de *« Une taupe dans les topinambours ».* Cela se voit que ce n'est pas lui qui risque sa peau.

Pÿa Tagluc, un client de l'hôtel avec qui j'ai sympathisé comprend mon choix. Et mon amie Lucie me pousse à en écrire un autre. *'Vous avez du talent'*, *'Vos lecteurs attendent votre nouveau roman avec impatience'*, etc etc

Cela m'a rassurée et j'ai décidé de me remettre au travail dès aujourd'hui. J'ai pu rassurer mon éditeur en lui promettant de lui livrer dans les mêmes délais un autre roman. Je sais comment il va s'intituler : *« Une histoire s'achève, une autre commence ».* Il a trouvé que c'était un bon titre.

Pour le convaincre de ma bonne volonté je vais lui faire parvenir le premier chapitre dès demain.

UNE HISTOIRE S'ACHEVE, UNE AUTRE COMMENCE

CHAPITRE 1

D'aussi loin que je me souvienne cette Voix a toujours été dans ma tête. Elle me rassure, elle me réconforte, elle me protège. Elle ne commande pas, elle n'impose pas, elle conseille, elle suggère, elle invite. Elle est douce comme du miel, elle est apaisante. J'aime l'entendre.

Ce n'est pas comme l'autre, celle qui me dit des vilaines choses. Celle qui me parle avec rudesse. Celle qui me pousse à avoir de mauvaises pensées, à faire des choses méchantes et qui me dit que c'est normal que j'aie des mauvaises pensées et que je fasse des choses méchantes parce que le monde est méchant et que je dois être méchante si je veux pouvoir vivre dans un monde méchant. Celle-là, elle n'a pas toujours été avec moi. Elle n'est arrivée que plus tard, j'avais huit ans.

La première me disait le plaisir d'être bonne, d'être gentille avec les autres, de ne pas mentir, de ne pas voler, de ne pas me laisser aller à l'envie ou à la paresse. Je l'ai écoutée et plus je l'écoutais, plus je me sentais heureuse.

'Paula, si tu crois en moi, il ne t'arrivera rien de mal'.

Et je croyais en elle et je faisais tout mon possible pour qu'en retour elle croit en moi. Ma dévotion à son égard ne pouvait qu'écarter de moi le mauvais sort que devaient nécessairement subir les incrédules. Cela me rendait triste pour ceux qui ne l'entendaient pas. J'ai tenté en vain de convaincre certains d'entre eux de mieux prêter l'oreille. J'ai demandé à la Voix pourquoi ils restaient sourds à mes conseils. Elle a répondu évasivement : *'La vie qu'ils mènent est trop bruyante', 'Ils n'en éprouvent pas le besoin'.* J'ai insisté *'Ai-je été assez convaincante ?'* mais elle m'a rassurée *'Ce n'est pas ta faute. S'ils sont sourds c'est parce qu'ils ne méritaient pas d'entendre la Voix du Bien.'* Je me suis satisfaite de cette réponse, et j'étais fière de compter parmi les élus qui pouvaient l'entendre.

Il en alla ainsi durant ma première jeunesse, jusqu'au jour fatidique, le dernier passé chez mes grands-parents, le jour où je les ai trouvés morts dans le vestibule de leur maison, baignant dans leur sang.

La Voix m'avait menti. Sur le coup j'ai perdu confiance en elle et même si elle continuait de parler en moi, me demandant de ne pas la chasser, que c'était une épreuve naturelle, qu'elle croyait en moi plus que jamais, la tentation a été grande de cesser de l'écouter.

Je n'ai pas cédé. Elle est toujours en moi, mais elle n'est plus seule. Le jour de la disparition de mes grands-parents une seconde Voix est entrée dans ma tête. Et depuis, elles sont deux à me parler. J'écoute l'une, j'écoute l'autre, elles ne sont jamais d'accord et je suis témoin de leurs disputes.

'Oublie ce triste événement, Paula. Ne garde de tes grands-parents que le souvenir des moments de bonheur que tu as connus avec eux' me dit la première.

'Pas question., Paula. Trouve les coupables et venge-les' rétorque la seconde.

Hier mon amie Lucy m'a dit : *'Laissez ces deux voix s'affronter. Elles finiront par se neutraliser. Le combat cessera bien un jour, faute de combattant'*. Cela m'a fortement perturbée. Si elle dit vrai, est-ce que je ne les entendrai plus ? Je ne veux pas qu'elles m'abandonnent. Je ne veux pas être seule. S'il vous plait, mes Voix, ne me laissez pas, restez en moi, je vous en prie. J'ai besoin de vous. De vous deux.

Elles m'ont entendue et elles m'ont promis, l'une et l'autre, de ne jamais me quitter.

Paule

Ce matin j'ai bien travaillé. Je suis satisfaite de moi, enfin plus précisément, je suis satisfaite de l'avancée de mon nouveau roman et comme à chaque fois que je suis satisfaite, je m'accorde une pause.

'Et si tu descendais en ville' me suis-je suggéré.

Aussitôt pensé, aussitôt exécuté.

Le taxi m'a déposée place Shah Nouan Kir directement face au *'Un petit coup dans le nez'*, un des nombreux bars situés sur cette place. Je me suis assise dans un coin de la salle et j'ai commandé un *'Capitalistard'*, variante karpiskienne du fameux *'Communard'* dans lequel la liqueur de cassis est associée à un alcool de topinambour au lieu du traditionnel vin rouge bourguignon. Naturellement, comme à son habitude la première Voix m'a reproché (gentiment) de boire de l'alcool – elle le fait pour assumer son rôle de directrice de conscience tout en étant persuadée que je ne vais pas l'écouter – tandis que la seconde Voix m'a glissé *'Tu aimes ça, pourquoi t'en priverais-tu ?'* sachant qu'elle n'a pas besoin d'insister pour me convaincre. Je suis sûre que la première laisse gagner la seconde, gardant son énergie pour des batailles plus importantes, et que la seconde, qui n'en est pas dupe, reste modeste et ne cherche pas à clamer sa supériorité sur sa rivale pour une si petite victoire. Finalement, je crois qu'elles jouent avec moi et qu'elles profitent de cette occasion pour s'accorder un moment de fraternelle connivence.

Je tiens cependant à préciser que venir boire régulièrement mon cocktail topinambour / liqueur de cassis, ne fait pas de moi une alcoolique. Je ne viens pas passer un moment au *'Un petit coup dans le nez'* pour picoler mais pour observer mes contemporains. J'écoute leurs conversations, quelques fois j'y participe. Je me nourris de leurs anecdotes.

Quand je suis seule je parcours les pages des revues mensuelles régionales, le *'1 d'Ispensab',* le *'10 d'Askali'*, le *'20 d'Ikatif'*. Je lis la *'Gazette de Perd'*, l'inévitable quotidien local aux feuilles enquillées dans une espèce de manche à balai muni d'une boucle à son extrémité que les clients se passent de mains en mains accompagné de force commentaires.

C'est dans ce lieu que me viennent les meilleures idées qu'il ne me reste plus qu'à coucher sur le papier à mon retour.

Chapitre 2

Il s'est levé de sa chaise et s'est dirigé vers le comptoir. Une main tenant son verre posé sur le zinc et l'autre s'agitant au-dessus de sa tête, il attend que le silence se fasse puis s'adresse à la cantonade :

« *Que serions-nous sans notre nez ? Hein, je vous le demande, Que serions-nous sans notre nez ?* »

Je me penche vers mon voisin immédiat et lui dis en souriant :

– *C'est la minute quotidienne de Mihaï, notre philosophe de service !*

Se tournant vers Sacha, le patron, qui se tient derrière le bar une serviette posée sur l'avant-bras, Mihaï poursuit :

« *Notre nez est un outil indispensable. Sans lui, comment humer l'excellent bortch aux topinambour de notre cuistot* »

Sacha lui fait un petit signe amical de la main. Les autres clients ont arrêté leurs conversations et écoutent Mihaï.

« *Comment suivre le sillage d'une jolie donzelle* » dit-il en mettant son visage au niveau du zinc et s'approchant de la patronne qui trône derrière sa caisse enregistreuse en niflant comme un chien de chasse suivant une piste.

Des rires fusent dans l'assistance.

« *Comment repérer que ce vieil ivrogne de Boris est fâché avec le savon et se parfume au "Cramponne-toi, je m'déchausse" de chez Nachel. Hein ? Comment ?* »

Des clients en rajoutent par des : *« Oui, comment ? »*. tandis que d'autres commentent par des *« Avec le nez ! »* ou *« Garde tes godasses Boris ! »*. A en juger par sa trogne, le pauvre Boris n'a pas l'air d'apprécier d'être le centre d'attention de l'assistance.

« Attendez, ce n'est pas fini » reprend Mihaï. *« Notre nez sert à quelque chose de bien plus important. »*

Chacun attend la suite, mi-amusé, mi curieux.

« Il sert à mesurer, oui mes amis, il sert à mesurer. Tenez » et de son index il pointe son nez *« Au pif je dirais que Natacha a vingt-cinq ans. Est-ce que j'ai tort Natacha ? »*

« Non, tu as raison » répond la serveuse.

« Et à vue de nez, tu fais du 95D » dit Mihaï en montrant l'opulente poitrine de Natacha.

« Mon tarin me dit que c'est le moment de te taire » réplique le patron sous les éclats de rires de l'assistance. Imperturbable Mihaï poursuit sa démonstration :

« Le nez sert également à anticiper. C'est grâce au flair et donc avec son nez qu'on devine, qu'on prévoit. Mais attention, la vue reste quand même nécessaire pour juger car c'est bien 'à vue de nez' qu'on fait notre estimation ».

« Tu ferais bien de surveiller ta consommation d'alcool, Mihaï car avec un 'coup dans le nez' tes mesures risquent d'être faussées »

Et tous de rire. Vexé Mihaï retourne à notre table son verre en main. Les conversations reprennent.

– *Être moqué est moins dur que de parler sans être écouté,* dis-je pour réconforter mon ami.

Mihaï se tourne vers moi.

– *Tous des imbéciles. Mais, je vais bientôt les quitter,* dit-il d'un air mystérieux.

Et devant mon regard interrogateur, il poursuit en me montrant la couverture du *'20 d'Ikatif'* posé sur notre table.

– *Paula, vous avez vu ?*

– *Non.*

– *Tenez, lisez. Page 3.*

Je prends le magazine, l'ouvre à la page indiquée et je lis :

La lumière est enfin faite sur d'étranges événements

Dans le numéro spécial du 20/01/2001 nous vous décrivions les phénomènes étranges qui se déroulaient dans les environs de Perd. Rappelons les faits : les boussoles devenues folles balbutiaient et n'indiquaient plus le Nord, des grondements sourds venaient du fond de la Terre, des éclairs de foudre tombait d'un ciel sans nuage, etc etc.

Les scientifiques les plus éminents des laboratoires des Université de Brnv, Spetch et Cluj ont été sollicités. Munis de leurs instruments ils se sont succédé sur le terrain pour étudier ces manifestations. Qu'ont-ils trouvé ? Rien, nibe, nitchévo !

Le '20' a mené sa propre enquête et aujourd'hui, dans ce numéro spécial, nous allons vous révéler les raisons de l'apparition de ces phénomènes paranormaux. Une fois de plus le '20 d'Ikatif', à la pointe de la recherche, contribue au Progrès et à l'avancée de la Connaissance.

Grâce au CTM (Camétoscope à Turbulence Magnétique) développé par le Professeur Smurf, nos *équipes ont pu mesurer les infimes variations du torse électrique terrestre. Une étude versionologique comparative a mis en évidence l'influence d'une 'metalic intrication' à l'origine d'un renversement du champ magnétique conduisant à une perturbation des caractéristiques spatio-temporelles que, dans un premier temps, nous avons pu situer dans la région de Perd. Dit simplement, les manifestations étranges que les habitants du secteur ont observées sont l'effet induit d'un vortex liant notre espace*temps à d'autres espaces*temps. Ce 'pont' est un lieu à partir duquel il sera possible de voyager instantanément à la fois dans l'espace et dans le temps.*

Des études poussées ont montré que ce pont se situait dans le périmètre de la vieille ville de Perd, entre la rue Ibn Moussa (on se demande qui a eu l'idée de qualifier de la pompeuse dénomination de 'rue' cette minuscule ruelle) et la rue Ali Gator. Nos équipes ont travaillé d'arrache-pied et nous pouvons annoncer aujourd'hui que nous en connaissons la localisation précise.

J'interromps ma lecture et me tournant vers Mihaï :

– *Vous y croyez ?*

– *Tout à fait. Je le sens bien.*

Décidément, il accorde une grande confiance à son appendice nasal !

– *Et n'est pas tout. Lisez l'encadré en bas de page.*

Je lis :

> *Nous recherchons un couple de volontaires pour participer à une expérience en tout point révolutionnaire : voyager dans le temps et dans l'espace en empruntant ce pont spacio-temporel.*
>
> *Les personnes intéressées peuvent adresser leur candidature directement au journal.*

Se tournant vers moi, il me demande :

– *Paula, seriez-vous prête à vous lancer dans cette aventure ?*

Je n'ai pas le temps de répondre qu'il ajoute :

– *Je me suis déjà inscrit.*

'Vas-y' m'ont dit les deux Voix, pour une fois d'accord.

– *Ma foi, pourquoi pas ! Et avec de la chance, je pourrais peut-être revoir mes grands-parents,* lui ai-je répondu.

Dès que je suis rentrée chez moi j'ai rempli l'acte de candidature. Je viens de recevoir la réponse. Nous avons été acceptés. Nous serons les premiers voyageurs du Temps !

Lucie & Docteur Thomas

– C'est reparti Docteur. Elle s'est remise à l'écriture d'un roman et dès le premier chapitre ses grands-parents sont présents.

J'ai fait ce que vous m'avez dit. Je lui ai administré la pilule de Slipose et la nuit dernière pendant qu'elle dormait je lui ai suggéré d'introduire dans son roman un moyen de voyager dans le temps et dans l'espace. Eh bien, ça a marché ! Ce matin elle m'a lu le deuxième chapitre et j'ai pu constater qu'elle avait intégré dans l'histoire une espèce de 'pont' – j'avoue que je n'ai pas tout compris – qui permet de se transporter dans d'autres espace*temps que le nôtre !

– Parfait ! Le personnage de Paula va pouvoir remonter à l'époque de sa jeunesse et y retrouver ses grands-parents. Surveillez simplement qu'elle prend bien ses pilules.

– Bien Docteur

Chapitre 3

– Avez-vous une idée où nous nous trouvons ? me demande Mihaï.

Sa voix résonne. Nous devons être dans un espace clos. Une bougie posée sur une table basse livre une lumière vacillante. La pièce dans laquelle nous nous trouvons doit faire tout au plus cinq mètres sur cinq. L'un des quatre murs présente une porte, les autres sont couverts de rayonnages sur lesquels on peut distinguer des rangées de poteries en terre cuite. Je m'approche de la porte et tourne le bouton. Sans aucune résistance la porte s'ouvre et dévoile une volée de marches. L'escalier s'achève sur une nouvelle porte sous laquelle se glisse un trait de lumière.

– Nous sommes dans une cave. La sortie est par là. Montons. Et sans faire de bruit.

Je m'engage dans l'escalier suivie de Mihaï. Arrivée en haut je tends l'oreille. Un léger souffle nous parvient de l'autre côté de la porte.

– Allons-y

J'ouvre délicatement et passe la tête par l'entrebâillement. Nous pénétrons dans une pièce ouverte sur la rue. Au centre se dresse un four qu'un homme alimente de buches de bois. Dans un coin de la pièce je distingue un tour sur lequel repose une petite pyramide de terre glaise prête à être tournée. Des tasses, des assiettes, des vases en terre cuite sont en train de sécher sur des étals.

– *Bienvenue dans mon atelier,* dit l'homme en se tournant vers nous. « *Je vous attendais. Je vous demande un instant, le temps de me changer* ». Il quitte sa vareuse et enfile un qamis gris perle. « *Suivez-moi* ». Nous traversons la pièce et sortons de la boutique.

– *Prenez garde où vous mettez les pieds,* nous dit-il.

La rue en terre battue est parsemée de crottes d'animaux. Un âne tirant un charreton où s'entassent des peaux de bête nous frôle, son conducteur n'a aucun regard vers nous. Les passants non plus, à croire que nous sommes invisibles ! A la suite du potier nous progressons dans la ruelle où se succèdent diverses échoppes d'artisans.

– *Cette ruelle ne m'est pas inconnue,* dit Mihaï. Je lève la tête, lui montre les caractères peints à la craie blanche sur la façade et lis : « موسى ابن حارة »

– *Rue Ibn Moussa !*

– *Nous sommes restés au même endroit !*

– *Oui, mais pas à la même époque. Nous avons dû remonter le temps d'un bon siècle.*

Le potier s'arrête devant une échoppe d'articles de maroquinerie. Il discute un instant avec le commerçant, nous désigne du doigt et repart.

– *Approchez, approchez,* nous interpelle le maroquinier. « *Ici vous trouverez tout ce qui se fait de mieux dans le souk, des gibecières, des cartables, des sacoches, des musettes, des bissacs !* »

Mihaï me glisse à l'oreille : « *Ça ne va pas recommencer ! Nous n'avons pas changé d'espace*temps* *pour nous retrouver à marchander un objet en peau de biquette ! »*

— *Laissez-moi faire,* dis-je à Mihaï et m'adressant au boutiquier :

— *Je voudrais un sac à dos en peau de zèbre.*

— *Noir rayé blanc ou blanc rayé noir ?* me demande le maroquinier.

— *Vert, entièrement recouvert de rayures noires et blanches.*

— *J'ai ce qu'il vous faut ,* dit l'homme en extrayant un sac à dos de dessous un empilement.

— *Onze dromads. Exemplaire unique.*

— *Dix,* dis-je sans jeter un œil à l'article.

— *C'est d'accord,* dit l'homme. Je lui donne un billet de dix dromads et il me tend le sac que j'enfile sur mes épaules sous le regard médusé de Mihaï.

— *Protocole de reconnaissance,* lui dis-je.

Devant son œil interrogatif je rajoute :

— *C'est notre correspondant. Il va nous conduire à notre rendez-vous. Ne le perdons pas de vue.*

Le visage de Mihaï s'éclaire.

Sans se soucilier de nous le commerçant interpelle le boutiquier qui tient l'échoppe voisine *« Surveille la maison ; je reviens »*.

Il se retourne et enfile la rue Ibn Moussa (*qui ne mérite vraiment pas de s'appeler 'rue'*). Je lui laisse quelques mètres d'avance et dis à Mihaï : *« Allons-y »*

Nous le suivons à distance, guidés par son fez rouge dont le gland se balance à chacun de ses pas. Arrivé au bout de la rue Ibn Moussa (*'toujours aussi étroite'*), il jette un regard furtif derrière lui et tourne à droite dans la rue Ali Gator. Quelques secondes plus tard nous arrivons à notre tour au croisement des deux voies. Le maroquinier est arrêté devant une boutique d'étoffes et tapis et discute avec un homme en djellaba bleu royal.

– *C'est lui ?* demande Mihaï en désignant l'individu.

– *Certainement,* lui réponds-je.

Nous empruntons à notre tour la rue Ali Gator et arrivés à leur hauteur nous nous arrêtons. Je fais mine de chercher quelque chose dans mon sac à dos (le signal). Le marchand de tapis porte la main à sa coiffe (la réponse au signal), Le maroquinier salue son interlocuteur et repart en sens inverse. Pour lui, la mission est accomplie.

– *Approchez, approchez,* nous dit le marchand de tapis.

– *Bonjour, nous cherchons un tapis de prière en poil de zèbre. Auriez-vous cela ?*

– *Noir rayé de blanc ou blanc rayé de noir,* demande le marchand.

– *Vert, entièrement recouvert de rayures noires et blanches,* répond Mihaï qui a retenu la leçon.

– *J'ai ce qu'il vous faut,* dit l'homme en sortant fièrement d'un carton un tapis à rayures blanches et noires.

– *Cela fera cent-dix dromads*

– *Cent,* dis-je sans jeter un œil au tapis.

– *C'est d'accord,* dit l'homme. Je lui donne un billet de cent dromads et il me tend le tapis que je roule et glisse dans mon sac à dos.

Sans se soucier de nous la djellaba bleu royal interpelle le boutiquier qui tient l'échoppe voisine *« Surveille la maison ; je reviens ».*

Il se retourne et enfile la rue Ali Gator. *« Suivons-le ».*

Nous lui laissons quelques mètres d'avance. Arrivé au bout de la rue Ali Gator il jette un regard furtif derrière lui et tourne à gauche dans la rue Ben Hur. Quelques secondes plus tard nous arrivons à notre tour au croisement des deux rues. Notre guide en djellaba bleu royal est arrêté devant une boutique de ferblanterie et discute avec un homme en gandoura bleu ciel.

– *C'est lui ?* demande Mihaï en désignant l'individu.

– *Certainement,* lui réponds-je.

Nous empruntons à notre tour la rue Ben Hur et arrivés à la hauteur de l'échoppe du ferblantier nous nous arrêtons. Je fais mine de chercher quelque chose dans mon sac à dos (le signal). Le ferblantier se gratte la tête (la réponse au signal). La djellaba bleu royal salue son interlocuteur et sans un regard vers nous repart en sens inverse. Pour lui, la mission est accomplie.

– *Approchez, approchez,* nous dit le ferblantier.

…

Paule

Je pourrais continuer comme ça pendant encore quelques pages. Après le ferblantier il y a un peaussier, puis un cardeur, un sculpteur sur bois de thuya, puis un tailleur de pierre, un souffleur de verre, un corroyeur, un rempailleur de chaises et de banquettes (de Limoux), un ébéniste, un chapelier, un vendeur de peaux de lapin, un accordeur de oud, un rémouleur, puis un tatoueur, un consultant en Feng Shui (un ressortissant corchinois immigré de fraiche date), un perruquier, un bijoutier, un barbier, un mégissier, un horloger, un charmeur de serpents, un fabriquant de bougies, un graveur sur coquillage, un savetier spécialisé dans la babouche en cœur, un passementier, ... mais je crains que mon éditeur trouve que cela fait un peu 'remplissage'.

Et le sac à dos de Paula est trop petit pour contenir tous les achats.

Donc, je vais vous épargner la liste des intervenants dans ce jeu de piste et passer directement au dernier. Il s'agit du Conservateur en Chef de la Bibliothèque de Perd.

Suite du Chapitre 3

– Soyez les bienvenus. Je vous attendais. Votre réputation vous a précédés, nous dit le Conservateur en Chef de la Bibliothèque de Perd auquel je réponds par :

– Bonjour Monsieur le Conservateur en Chef. Nous sommes honorés de vous rencontrer. Que pouvons-nous faire pour vous ?

– Nous comptons sur vous pour régler un problème d'organisation de notre Bibliothèque. J'ajoute que vous serez largement récompensés pour cette aide »

– Ce sera avec grand plaisir Monsieur le Conservateur en Chef, dis-je.

– Nous nous engageons à rester jusqu'à la résolution de votre problème, rajoute Mihaï. Là-dessus il se tourne vers moi et m'adresse un clin d'œil dans lequel je devine un : *'La récompense est dans la poche'.*

– J'en prends bonne note. Vous savez certainement que la Bibliothèque de Perd est la plus importante de toute la Karpiskie. Près de deux millions de documents.

– Impressionnant ! s'exclame Mihaï.

– Nous avons ici l'ensemble des parchemins de la Grande Bibliothèque d'Alexandrie.

– N'avaient-ils pas été détruits lors de l'incendie ?

– C'est ce que l'on croit, mais ils ont été sauvés et conservés en lieu sûr, et nous avons pu nous les procurer. Nous avons également tous les ouvrages de la Confrérie des

Templiers. Anticipant la dissolution de l'Ordre, Jacques de Molay, le Grand Commandeur, avait par précaution exfiltré le trésor du Temple et l'avait mis à l'abri à Castelov-Rennievsky non loin du Pic de Rach Buga. Quant aux documents, ils ont pris la mer et après avoir transité par La Valette, principal port de l'Île de Malte, sont parvenus jusqu'à nous.

– C'est fabuleux !

– Nous avons également des documents retraçant l'Histoire mouvementée des pays de la région, les plans des bâtiments du Domaine Royal, … ». A ces derniers mots Mihaï et moi échangeons un regard complice tandis que le Conservateur en chef poursuit :

– … et des documents récupérés dans les bibliothèques de diverses obédiences maçonniques. En ce qui concerne les ouvrages scientifiques, notre Grande Bibliothèque n'a aucun équivalent dans le monde. Les livres occupent un bâtiment de trois étages, à chaque étage il y a vingt-quatre salles et dans chaque salle des rayonnages sur toute la hauteur des murs.

– Dites-nous, quel système utilisez-vous pour gérer tous ces ouvrages ? demande Mihaï.

'Oups, il va faire une bourde. Il a déjà oublié que nous sommes à une époque où les ordinateurs n'ont pas encore été inventés' me dis-je. Je lui lance un regard appuyé qu'il ne semble pas interpréter et je change de sujet :

– Comment faites-vous pour retrouver un document particulier ?

– L'emplacement de chaque ouvrage d'une discipline est répertorié dans un catalogue spécifique à la discipline. Les disciplines les plus prolifiques telles que les Mathématiques,

la Physique et la Chimie, nécessitent même plusieurs catalogues.

Ainsi par exemple, il y a, à ce jour, 19 catalogues d'ouvrages de Mathématiques, notés CM_1, CM_2, ... CM_{19} dans lesquels on indique pour chaque ouvrage traitant de Mathématiques, son étage, sa salle ainsi que l'étagère et son rang sur l'étagère où il se trouve. Il y a 27 catalogues de Physique CP_1, ... , CP_{27} , 14 de Chimie CC_1, ... , CC_{14}, etc. répond le Conservateur en Chef.

– Et quand vous cherchez l'emplacement d'un livre de Mathématique par exemple vous devez parcourir tous les catalogues CM_1 à CM_{19} ?

– Exactement, et cela peut prendre du temps.

– Où se trouvent les catalogues eux-mêmes ?

– Ils sont un peu partout. Mais heureusement, on a eu l'idée de les distinguer des autres ouvrages en les dotant d'une couverture rouge.

– Il me vient une idée, Monsieur le Conservateur en Chef.

– Je vous écoute, Paula.

– Et si on créait un nouveau catalogue : le catalogue des catalogues rouges. Il contiendrait les références des ouvrages répertoriés dans chacun des catalogues CM_1 , CM_2 , ... CM_{19} . On l'appellerait CC-M pour Catalogue des Catalogues de Mathématiques.

– Et ? demande le Conservateur en Chef

– Grâce à ce catalogue, pour être plus précis ce méta-catalogue, on pourrait savoir pour un ouvrage de Mathématiques donné le catalogue dans lequel il est

référencé. En allant directement dans ce catalogue on connaîtrait alors l'emplacement précis de l'ouvrage, dit fièrement Mihaï. Et sur sa lancée il ajoute :

– On pourrait par la même occasion regrouper tous les catalogues de Mathématiques CM_1, CM_2, …, CM_{19} dans une salle particulière, la Salle des Catalogues rouges de Mathématiques.

– Astucieux, en effet. Une question cependant : où va-t-on placer ce nouveau catalogue CC-M ?

– De deux choses l'une. Soit on le place dans la salle des catalogues de Mathématiques, soit ailleurs !

– Pourquoi serait-il dans cette salle ? demande le Conservateur en Chef.

– Les catalogues CM_1, CM_2, …, CM_{19} répertorient les ouvrages qui traitent de Mathématiques, n'est-ce pas ?

– Tout à fait, acquiesce le Conservateur en Chef.

– Leur existence indique qu'il est pertinent de distinguer, au sein des Mathématiques, toutes les sous-parties qui les constituent. Donc, et c'est là où je veux en venir, la présence de ces différents catalogues dit quelque chose des Mathématiques.

– Je vous l'accorde.

– Et qu'en tant que tel, le catalogue qui les répertorie traite lui-même de Mathématiques. Et qu'à ce titre il a sa place dans cette salle !

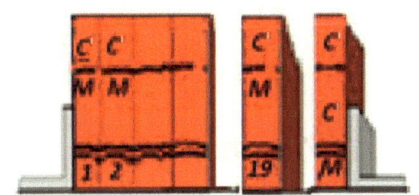

Salle des catalogues de Mathématiques

– Cela me semble tiré par les cheveux. Et vous oubliez un point : en tant que catalogue d'ouvrages de Mathématiques présents dans cette salle, il devrait s'autoréférencer !

– Je vous l'accorde. Sa place n'est pas dans cette salle.

– Donc on en revient à ma question : où le met-on ? demande le Conservateur en Chef.

– J'ai une idée ! Il sera dans une salle spécifique : la salle des Catalogues de Catalogues, celle qui contient tous les catalogues de catalogues.

Ce catalogue CC-M des catalogues de Mathématiques s'y trouvera en compagnie entre autres du catalogue désigné par CC-P – celui qui indique la position de chaque catalogue de Physique – du catalogue CC-C , celui qui indique où sont les catalogues de Chimie ... et ainsi de suite.

Pour les distinguer des catalogues 'simples', nous proposons que les catalogues de catalogues aient des couvertures bleues.

– A proprement parlé, ce sont des méta-catalogues, n'est-ce pas ? précise le Conservateur en Chef.

– Tout à fait, et c'est pourquoi ils sont d'une couleur différente des catalogues rouges. Et dans cette pièce se trouvera également CTCC, le catalogue de tous les catalogues de catalogues, dis-je.

– Et en tant que catalogue de catalogues, sa couverture sera également bleue, ajoute Mihaï.

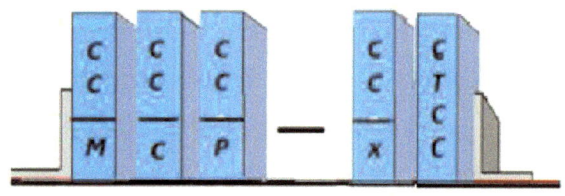

Salle des Catalogues de Catalogues

– N'y a-t-il pas là un problème ? demande le Conservateur en Chef.

– Un problème ? Quel problème ?

– Eh bien, réfléchissez un instant. C'est dans cette salle que sont indiquées les positions de tous les méta-catalogues grâce auxquels nous savons mettre la main sur les catalogues des disciplines puis, à partir de ceux-ci, connaître la position de tous les ouvrages de la discipline. D'accord ?

– D'accord !

– Et l'adresse de cette salle des méta-catalogues est donnée dans CTCC qui est lui aussi situé dans cette même salle. Encore d'accord ?

– Encore d'accord !

– *Donc il faut savoir où elle se trouve pour trouver où elle se trouve !*

Mihaï reste bouche bée devant cette logique imparable.

– *Et une fois qu'on sait où est la salle des méta-catalogues, il faut trouver CTCC perdu au milieu de tous les autres.*

La bouche de Mihaï s'ouvre encore davantage.

– *Il est tard, je vous laisse le soin de résoudre ce problème. Vous pouvez vous installer dans mon bureau. Si vous avez besoin de quoi que ce soit, n'hésitez pas à demander à ma secrétaire. Le diner est servi à 19 heures, le déjeuner à midi. Le petit déjeuner est servi entre 7 heures et 8 heures. Des chambres d'hôtes sont à votre disposition. A demain matin,* rajoute-t-il et il nous quitte !

Mihaï et moi-même nous regardons.

Je dois dire qu'il m'a fallu quelques secondes pour mesurer l'étendue des conséquences : nous nous sommes engagés à quitter la Grande Bibliothèque qu'une fois avoir trouvé une réponse à un problème qui, tel qu'il est posé, n'a pas de solution. Nous sommes prisonniers dans le passé !

– *Nous allons rater l'heure de retour à notre époque,* dit Mihaï.

– *C'est pire que cela : nous sommes bloqués ici pour longtemps, sinon pour toujours !*

Lucie & le Docteur Thomas

– Docteur, il faut impérativement trouver une échappatoire à cette situation sinon ils vont rester éternellement coincés au siècle dernier. Ils sont condamnés à passer le reste de leurs jours dans la Grande Bibliothèque. Et si Paula ne peut en sortir, elle ne pourra pas croiser ses grands-parents et par conséquent le mécanisme de reconstruction mentale de Paule sera interrompu.

Sans compter que le roman va tourner en eau de boudin !

– Vous avez raison Lucie. Nous devons trouver une solution. Je vais de ce pas interroger le Professeur Pÿa Tagluc. Eminent spécialiste en Versionologie Mathématique il saura certainement dénouer ce nœud gordien. Nous lui demanderons d'administrer la pilule de Slipose à Paule et de lui suggérer la solution durant son sommeil.

Chapitre 4

Il est 9 heures du matin. Mihaï et moi sommes dans le bureau qui nous a été attribué et nous attendons le Conservateur en Chef pour lui exposer l'idée qui m'est venue durant mon sommeil.

– Premier point soulevé par le Conservateur en Chef : identifier la salle des méta-catalogues parmi toutes les salles. Une solution serait de la distinguer en peignant sa porte d'une couleur différente de celle des autres salles. En vert par exemple, dit Mihaï.

– Mihaï, je doute qu'il accepte cette solution. De plus, il resterait à savoir comment trouver le catalogue CTCC au milieu de tous ceux qui se trouvent dans cette salle à la porte verte !

– CTCC, comme son nom l'indique, est le catalogue de tous les catalogues de catalogues, le catalogue des méta-catalogues. Il a donc le statut de méta-méta-catalogue. Il a donc le droit être d'une couleur différente de ses congénères bleus.

Donc, nous allons proposer au Conservateur en Chef de la Bibliothèque 1) d'identifier la salle des méta-catalogues par un porte verte pour la distinguer des autres salles et 2)

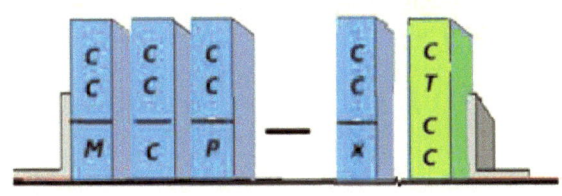

Salle des Catalogues de Catalogues

donner à CTCC une couverture verte pour le distinguer des autres méta-catalogues.

– Mihaï, je vois une autre solution, plus simple et qui ne nécessite pas de peindre la porte de la salle des méta-catalogues.

– Quelle est-elle, Paula ?

– On ne met pas CTCC dans la salle des Catalogues de Catalogues.

On l'isole de tous les ouvrages de la Grande Bibliothèque et on l'expose seul et bien en évidence dans le hall d'entrée. Il indique où sont les catalogues bleus qui peuvent, eux, être disséminés un peu partout. Et il devient inutile de consacrer une salle pour tous ces catalogues de catalogues.

– Evidemment ! Mais c'est bien sûr ! Cet ouvrage est le point d'entrée de toute recherche ; sa place naturelle est le hall d'entrée de la Grande Bibliothèque. Félicitations Paula. Nous tenons la solution. Le Conservateur en Chef ne peut qu'adhérer à notre proposition.

– Et nous allons pouvoir retourner à notre époque … et toucher notre récompense.

Lucie & Docteur Thomas

– Ouf ! Ils ont réussi à s'extraire de ce piège. Nous pouvons remercier le Professeur Pÿa Tagluc.

— Oui Lucie, mais nous ne sommes pas encore entrés dans le processus de guérison de Paule. Il s'agit maintenant de faire intervenir dans le roman les grands-parents de Paula.

– Nous allons demander au Professeur Pÿa Tagluc. Il est prêt à nous aider et il se tient à notre disposition. Il m'a confié qu'il adorait jouer avec nous. Profitons de son imagination.

Chapitre 5

– Quel plaisir, Paula, de se retrouver ici et maintenant, je veux dire, à notre époque, me dit Mihaï.

Nous sommes assis à une table du *'Un petit coup dans le nez', un 'Capitulisturd'* en main. Quarante-huit heures sont passées depuis notre voyage temporel et nous étions convenus de laisser passer ce laps de temps avant de nous rencontrer.

– *Trinquons à la réussite de notre mission et à notre retour sains et saufs,* je lui réponds et nous levons nos verres.

– *Nos commanditaires sont satisfaits ; nous avons rapporté les documents qu'ils voulaient, mais avouez que cela a été chaud ! Sans nos idées de génie nous serions encore là-bas, prisonniers du passé.*

– *Mihaï, mesurez la chance que nous avons d'être les premiers voyageurs du temps. Nous en avions accepté les conditions, les avantages et les risques.*

– *Vous parlez d'avantages ? Nous avons parcouru Leu Nivo en long et en large, vous avez rempli un sac à dos de tout un bric-à-brac, nous sommes restés prisonniers dans un bureau de la Grande Bibliothèque pendant deux jours ! Je ne vois pas l'intérêt de ce voyage ! Qu'avons-nous appris de la vie de nos ancêtres que l'on ne savait pas déjà ? Rien !*

– *Vous oubliez une chose :*

Nous possédons maintenant les plans exacts du château de Perd, ceux qui avaient été perdus lors de l'incendie qui avait ravagé une partie de la Grande Bibliothèque. Le Conservateur en Chef ne voulait pas nous les confier, mais il n'a pas pu revenir sur sa promesse de récompense. Nous avons rapporté de précieux documents d'époque ; nous avons réussi notre mission, Mihaï ! Et les prochains voyages seront certainement plus instructifs.

– Eh bien, ce sera sans moi ! réplique Mihaï.

Nous sommes interrompus dans notre discussion par Sacha, le patron du *'Un petit coup dans le nez'* qui lance de derrière le zinc :

– Dites-nous les amis. Où étiez-vous passés ces derniers jours ? Nous commencions à nous inquiéter. La patronne voulait même signaler votre disparition à la police.

– Nous étions en voyage à l'étranger, élude Mihaï.

– Alors, vous n'êtes pas au courant des dernières nouvelles. Tenez ! nous dit Boris, notre voisin de table, en nous tendant *'La Gazette de Perd'*.

J'ouvre le journal. En *'Une'*, sur quatre colonnes s'alignent les mots :

Incendie à la Grande Bibliothèque de Perd

Un incendie a éclaté hier en fin de journée à la Grande Bibliothèque. Le feu a pris dans une salle de lectures et s'est étendu sur tout un bâtiment, Il a été heureusement circonscrit et seules les collections liées à l'Histoire de Perd sont parties en fumée. « C'est un désastre » nous a confié en larmes le Conservateur en Chef avant d'ajouter « Mais le pire a été évité ».

Rappelons que la Grande Bibliothèque de Perd est la plus importante bibliothèque de toute la Karpiskie. Près de deux millions de documents y sont conservés, parmi lesquels les parchemins de la Grande Bibliothèque d'Alexandrie, les ouvrages de la Bibliothèque des Templiers et de diverses obédiences maçonniques sans oublier les ouvrages scientifiques les plus prestigieux. Grâce à l'intervention des pompiers tout cela a pu être sauvé. Leur disparition aurait constitué une perte immense pour l'Humanité tout entière.

Les premières investigations ont permis d'établir la nature criminelle de cet incendie. L'analyse des caméras de surveillance est en cours. D'après des sources autorisées, on peut apercevoir sur les images prises dans une des salles de lecture un individu, le visage masqué par une cagoule et portant un sac à dos en peau de zèbre (on distingue nettement les rayures), consulter des dossiers, prendre des documents sur un rayonnage, le glisser dans son sac, sortir un briquet de sa poche, puis mettre le feu à une corbeille à papier et s'échapper précipitamment.

Le vol semble être le mobile du crime. Gageons que son auteur sera rapidement identifié et interpellé.

Une photo complète l'article. On distingue une silhouette portant un sac à dos, … identique à mon sac à dos, identique à celui qui est là, près de moi, posé sur la banquette. Par réflexe je le prends et le glisse entre mes jambes. Mihaï a suivi mon geste et me regarde d'un air curieux.

– *Vous êtes retournée là-bas !* me dit-il.

– *Que dites-vous là Mihaï ?*

– Ne mentez pas. Il n'y a qu'un seul sac en peau de zèbre vert entièrement rayé noir et blanc. Et c'est le vôtre. Vous êtes retournée là-bas, Paula. Avouez.

– Oui !

– Pourquoi ?

– Lors de notre 'détention' à la Grande Bibliothèque nous avons vu qu'il existait des catalogues référençant les documents classifiés consacrés à l'histoire de la ville de Perd. C'est d'ailleurs grâce à ce catalogue que nous avons pu localiser la salle où se trouvaient les plans du Château de Perd, ceux que nous avons rapportés.

– C'est exact.

– Il y avait également là la correspondance de Piotr IX, les articles relatant la construction du château et son inauguration le 18/02/1802, etc.

Et, plus important, l'un de ces catalogues faisait référence aux documents de la Police Politique et des Services de Contre-Espionnage Bordures (la fameuse StasiB) .

– Oui. Et alors ?

– Je me suis dit que cette pratique de compiler tous les articles portant sur l'histoire sombre et cachée de la Bordurie avait dû se perpétuer et que si quelque chose avait été écrit au sujet de la mort de mes grands-parents, je le trouverais là.

– Et donc, vous y êtes allés dans l'espoir de découvrir quelque chose … Et visiblement, vous avez trouvé, dit Mihaï en fixant mon sac à dos.

– Tout à fait. Grâce au classement judicieux des documents j'ai retrouvé les dossiers que la Stasib constituait

sur tous les citoyens. Et parmi eux, doit certainement figurer celui de mes grands-parents !

– Super. Mais pourquoi avoir provoqué cet incendie ? Ne pouviez-vous pas simplement voler les documents ?

– Quand je me suis rendu compte qu'il y avait des caméras de surveillance, je me suis dit que le vol de ces documents allait orienter l'enquête. La relation serait juste entre ces documents et la voleuse, c'est-à-dire moi. En faisant brûler l'ensemble des documents de la salle, j'ai effacé tous les indices qui pouvaient établir un lien entre le vol et son mobile ! Bien vu, n'est-ce pas ?

– En effet. Avez-vous eu le temps d'analyser les documents volés ?

- Pas encore. Voulez-vous vous joindre à moi ?

– Avec grand plaisir.

– Rendez-vous chez moi demain matin, disons à huit heures.

– C'est entendu. A demain Paula.

– Bravo Lucie. Vous féliciterez chaudement le Professeur Pÿa Tagluc. J'avoue que l'idée du vol de documents à la Grande Bibliothèque est excellente.

Il nous reste à faire preuve d'imagination. Que va découvrir Paula dans les documents volé ?

– Je vais proposer au Professeur Pÿa Tagluc de nous aider une fois de plus.

– D'accord Lucie. Et ne lésinez pas sur la Mythose, la Créativose et la Slipose. Nous sommes près du but.

Paule

Je sens que mon roman est en train de m'échapper. J'avais prévu que mes héros, Paula et Mihaï fassent plusieurs voyages temporels, dans le passé, dans le futur … Cela aurait pu faire quelques bons chapitres.

Au lieu de cela Mihaï a déclaré ne pas être tenté de renouveler l'expérience et Paula a volé des documents et a mis le feu à la Bibliothèque ! Non, mais franchement, ils se croient tout permis ces personnages !

Heureusement que Paula a pris soin d'effacer tous les indices sinon, … sauf que … sur le film pris par la caméra de surveillance on voit distinctement que le voleur (en l'occurrence la voleuse) porte un sac à dos en peau de zèbre vert avec des rayures blanches et noires. C'est un spécimen unique, la police va interroger tous les maroquiniers du souk, elle ne tardera pas à trouver celui qui a vendu ce sac et … Paula va se faire arrêter. Malheur !

Certes, cela servira de leçon à tous les personnages ; dorénavant, ils sauront qu'il ne faut pas agir sans me demander la permission. Oui, mais, d'un autre côté, il ne faut pas que Paula moisisse en prison. Il a d'autres voyages temporels à effectuer. Je vais devoir trouver une solution pour la sortir de ce guêpier.

Il se fait tard. Je reprendrai l'écriture du roman demain.

Lucie & Docteur Thomas

– Lucie, tout s'est bien passé ?

– Oui Docteur. Monsieur le Professeur Pÿa Tagluc s'est occupé de tout. Cette nuit il a télépathé quelques idées dans l'esprit de Paule et nous attendons d'en voir les effets sur l'écriture du roman. Auriez-vous un doute ?

– Aucun doute sur les compétences du Professeur. Avez-vous noté que Paule s'est levée très tôt ce matin ?

– Oui ! Elle est allée prendre un café en ville et s'est promenée dans la souk.

A ce moment-là, la radio émet un jingle :

10h - Flash d'information

Il a fallu deux heures d'une lutte acharnée pour que nos valeureux soldats du feu viennent à bout de l'incendie Rue Ibn Moussa – quartier de Leu Nivo dans le centre historique de Perd. L'encombrement de cette rue et son étroitesse ont rendu l'intervention des pompiers très délicate. Leur camion ne pouvant intervenir, c'est avec des seaux d'eau portés de mains en mains que les soldats du feu ont dû combattre les flammes.

Selon le capitaine du Corps des Pompiers, l'incendie est d'origine accidentelle – un brasero laissé imprudemment sans surveillance. Le feu s'est déclaré dans une boutique de maroquinerie et a détruit totalement un grand nombre d'échoppes du quartier. Malheureusement nous avons à déplorer deux victimes : l'artisan maroquinier mort d'une crise cardiaque et un potier/céramiste que les pompiers ont découvert dans la cave de son atelier où il s'était réfugié.

– Mon Dieu, Lucie. Il y a eu un incendie dans le souk pendant que Paule y était ! Pourvu qu'il ne lui soit rien arrivé !

– Rassurez-vous, Docteur. Elle est revenue. Elle est dans sa chambre et s'est mise au travail.

– Je suis soulagé ! Merci

Chapitre 6

– *Bonjour Mihaï,* dit Paula en ouvrant la porte de son appartement.

– *Bonjour Paula,* répond Mihaï entrant dans la pièce en trombe, en proie à une grande agitation et tenant en main la *'Gazette de Perd'*.

– *J'ai acheté le journal et regardez la 'Une' de la Gazette de ce matin,* dit-il tout en agitant le journal sous les yeux de Paula.

– *Qu'y a-t-il Mihaï ? Quelle guêpe vous a piqué ? Moi aussi j'ai lu le journal ce matin et alors ?*

– *La photo, Paula, la photo prise lors du vol dans la Grande Bibliothèque ! Regardez ! On vous reconnaît.*

– *Vous trouvez ? Ce que je vois, c'est une jeune femme au visage flou. Cela peut être n'importe qui,* répond Paula en toute décontraction.

Mihaï lit à haute voix :

Incendie de la Grande Bibliothèque. L'enquête avance

Les caméras de surveillance ont permis de déterminer que l'auteur de l'incendie est une jeune femme. La police recherche le maroquinier qui a vendu le sac à rayures blanches et noires.

– Rendez-vous compte. Votre sac ! Un sac unique ! La police va interroger tous les maroquiniers du souk et elle ne tardera pas à tomber sur le 'nôtre', enfin celui qui vous a vendu le sac et qui nous a servi de guide.

– Ne vous inquiétez pas Mihaï » répond Paula. « *J'ai lu cet article ce matin et j'ai pris des mesures.*

– Vous avez pris des mesures ?

– Oui et à cette heure le problème doit être résolu.

A ce moment-là le téléphone de Paula sonne.

– Excusez-moi Mihaï. Je dois répondre, et elle quitte la pièce et s'enferme dans sa chambre. Curieux, Mihaï s'approche de la porte et tend l'oreille :

– … C'est fait ? … Merci … Le potier aussi ? … Elle est très étroite, je vous l'accorde, elle ne mérite pas son nom … C'est le problème avec le code 15 … Encore merci … Au revoir …

– C'est réglé ! dit Paula en rentrant dans la pièce.

– Paula, j'ai été stupide de m'inquiéter. Excusez-moi.

– Mais non. Vous aviez raison, mais c'est réglé je vous dis. On ne pourra pas faire le lien entre le vol et l'incendie de la Grande Bibliothèque, le sac à dos en peau de zèbre et moi.

– Il n'y avait aucun risque Paula !

– *Pourquoi dites-vous cela Mihaï ?*

– *Le sac en peau de zèbre vert à rayures blanches et noires, vous l'avez acheté lors de notre voyage temporel, n'est-ce pas ?*

– *Oui !*

– *C'était au siècle dernier ?*

– *C'est exact !*

– *Et le vol des documents et l'incendie de la Grande Bibliothèque datent d'hier ?*

– *En effet !*

– *Et donc, le maroquinier d'aujourd'hui n'est pas celui qui vous a vendu le sac il y a un siècle. Il ne pourra donc vous reconnaître !*

Paula est interdite par la pertinence du raisonnement de Mihaï.

– *Mon Dieu, vous avez raison. Mais alors, …, ils sont morts pour rien,* marmonne-t-elle.

– *Qui est mort ?*

– *Personne,* et elle se dirige vers un rayonnage d'une bibliothèque, prend un classeur qu'elle pose sur une table de travail, *« Documents, à vous de nous parler ».*

Tous deux s'assoient côte à côte.

Paule

C'est vrai ! Je commence à perdre pied dans ce roman. Je confonds les époques. Est-ce que je deviens folle ? Je vais devoir reprendre le chapitre Six depuis le début.

Ce matin je suis allée en ville très tôt. Je voulais m'assurer que le maroquinier de la rue Ibn Moussa ne me reconnaitrait pas. Je lui ai demandé s'il faisait des sacs en peau de zèbre. Il a eu l'air surpris. Il m'a répondu que ce type d'articles n'existait pas. Cela m'a mis la puce à l'oreille. *'Il a vu la photo sur le journal'* me suis-je dit ; *'il sait que c'est moi la voleuse mais évidemment il a peur'*.

– En revanche, j'ai toujours du pur veau à dix dromads … le même qu'hier, mais pour vous, ce sera neuf dromads, m'a-t-il répondu d'un air complice.

– Ou pour changer, j'ai aussi du buffle … Un peu plus cher. Douze dromads.

' … le même qu'hier … pour changer ! Il a dit : le même qu'hier, pour changer. C'est sûr. Il m'a reconnue ! '.

Quand je suis repartie, une forte odeur de brûlé émanait de sa boutique. Je ne me suis pas douté un instant qu'un incendie allait se déclarer et que les flammes se propageraient à tout le souk !

Reprenons l'écriture. Où en étais-je ? Ah oui, Paula a invité Mihaï chez elle pour procéder à l'analyse des documents volés à la Grande Bibliothèque.

Chapitre 6 - Version 2

– Bonjour Mihaï., Entrez, je vous en prie, dit Paula en ouvrant la porte de son appartement.

– Bonjour Paula, répond Mihaï.

– Installez-vous, dit Paula en se dirigeant vers un rayonnage de bibliothèque. Elle en prend un classeur qu'elle pose sur une table de travail, *« Documents, à vous de nous parler ! »*.

Tous deux s'assoient côte à côte.

– J'ai commencé à trier les documents de la StasiB … dit Paula.

– La fameuse et tant redoutée police politique qui fichait tous les citoyens de notre pays.

– Tenez. Lisez. J'ai trouvé un dossier au nom de mon grand-père. Pouvez-vous le lire, s'il vous plaît. Je n'en ai pas la force, dit Paula en tendant le dossier à Mihaï. Ce dernier parcourt le premier feuillet et dit :

– C'est un échange de courrier entre votre grand-père et le responsable de quartier de la StasiB :

'Monsieur le Responsable de quartier.

Je tiens à vous signaler que mon voisin, Monsieur Luca Patyg, exerçant la fonction de Directeur de la Sécurité à l'Usine de l'EDB de Perd et. habitant au 22 de la Rue Martin Gale profite de l'absence de son épouse pour recevoir chez lui une jeune femme aux mœurs plus que douteuses.

Si vous le jugez opportun, je me tiens à votre disposition pour exercer une surveillance soutenue et discrète sur cet individu.

Votre dévoué ...'

— Mon grand-père collaborait avec la StasiB ! Je n'y crois pas

— Réponse du responsable de quartier, reprend Mihaï :

```
Merci Monsieur pour ces informations et pour
votre proposition. C'est grâce à des citoyens
comme vous que la Police de notre chère
Patrie déjoue les plans de nos ennemis …
L'Officier Responsable de Quartier
```

— *Je poursuis,* dit Mihaï prenant un autre feuillet :

'Monsieur le Responsable de quartier.

Hier la Gazette du 25 février a relaté le suicide de mon voisin Monsieur Luca Patyg, Je me permets de porter à votre connaissance que dans l'après-midi d'hier Monsieur Luca Patyg a reçu chez lui successivement deux personnes : une femme jeune, grande, cheveux longs, munie d'un sac à dos en peau de zèbre puis un homme, la quarantaine, grand à l'allure élancée, crâne rasé et étui à violon sous le bras. Je précise que cet homme, que j'ai déjà vu roder dans le quartier à plusieurs reprises, n'avait en rien l'allure d'un concertiste ! Je me tiens à votre disposition pour dresser un portrait-robot de chacune de ces deux personnes.

Votre dévoué ...'

— *Mon grand-père est lié au suicide de Luca Patyg ! Quoi d'autre Mihaï ?*

Tirant un autre feuillet du dossier Mihaï lit :

'Monsieur le Responsable de quartier.

Hier, en début d'après-midi j'ai été témoin d'un accident au cours duquel un malheureux motocycliste a perdu la vie. Il me revient en mémoire un fait dont vous jugerez par vous-même de l'importance : l'individu qui a rendu visite à Monsieur Luca Patyg peu avant son suicide était présent sur les lieux de l'accident. Je l'ai formellement reconnu. Il s'agit peut-être d'une coïncidence, mais je tenais cependant à vous en faire part.

Votre dévoué ...'

— *Il y a encore deux feuillets dactylographiés dans le dossier. Je vous lis le premier :*

```
Un voisin de Luca Patyg affirme être en
mesure d'identifier Paula et le tueur à
gages. Il les aurait aperçus le jour du
'suicide' (!). Il faut éviter à tout prix
qu'il témoigne. Je vous laisse gérer au mieux
et au plus vite cette affaire.
P.T.
```

et le second :

```
Pas de problème. Je lance un code 16 sur ce
voisin.
```

— *C'est tout ?* demande Paula.

— *Oui. Il n'y a rien d'autre dans le dossier.*

– Lucie, croyez-vous que cette version de la mort des grands-parents de Paula soit adaptée à la situation ? Faire de son grand-père un informateur de la StasiB n'est certainement pas un motif de fierté pour elle. Et par voie de conséquence a peu de chance de contribuer à la guérison de Paule.

– Je vous le concède, Docteur.

Je me demande pourquoi le Professeur Pÿa Tagluc a fait des grands-parents de Paula des gens aussi vils.

Je vais faire disparaître les feuillets de ce chapitre. Et je vais de ce pas contacter le Professeur Pÿa Tagluc et lui rappeler le but du traitement thérapeutique. Je ne doute pas qu'il puisse imaginer une version plus noble de la mort des grands-parents de Paula.

Paule

Je suis un peu surprise. Hier j'avais bien avancé ; la nouvelle version du chapitre Six était pratiquement achevée. Paula faisait une découverte importante sur le passé de son grand-père …

Or, en reprenant les feuilles ce matin il n'y avait qu'une page ! Le chapitre Six avait fondu comme neige au soleil. (En écrivant cette phrase, je mesure à quel point cette expression est ridicule).

J'ai regardé dans ma corbeille à papier. Vide !

Le plus bizarre, c'est que je ne me souviens pas de ce que Paula avait découvert dans le dossier de son grand-père. Est-ce que j'ai écrit ce chapitre ou est-ce que j'ai rêvé l'avoir écrit ? Est-ce que je perds la mémoire ? C'est peut-être l'effet des cachets de vitamine que mon amie Lucie m'a gentiment offerts.

« Tu vas voir, ça va te booster. Perso, j'en prends une tous les soirs avant de me coucher, je dors comme un loir et cela recharge mes batteries pour le lendemain » m'a-t-elle dit.

Allez, au boulot. Place à ce chapitre Six. J'ai peut-être perdu la mémoire, mais je n'ai pas perdu mon imagination.

Chapitre 6 – Version 2bis

— *Bonjour Mihaï., Entrez, je vous en prie,* dit Paula en ouvrant la porte de son appartement.

— *Bonjour Paula,* répond Mihaï

— *Installez-vous,* dit Paula en se dirigeant vers un rayonnage de bibliothèque. Elle en prend un classeur qu'elle pose sur une table de travail, *« Documents, à vous de nous parler ! »*.

Tous deux s'assoient côte à côte.

— *J'ai commencé à trier les documents de la StasiB …* dit Paula.

— *La fameuse et tant redoutée police politique qui fichait tous les citoyens de notre pays.*

— *Tenez. Lisez. J'ai trouvé un dossier au nom de mon grand-père. Pouvez-vous le lire, s'il vous plait. Je n'en ai pas la force,* dit Paula en tendant le dossier à Mihaï. Ce dernier parcourt le premier feuillet et dit :

— *C'est un échange de courrier entre votre grand-père et le responsable de quartier de la StasiB,*

'Monsieur le Responsable de quartier.

Mes déplacements professionnels m'ont amené à rencontrer dernièrement un compatriote dont je tairai l'identité pour l'instant et que désignerai simplement par ses initiales : P.T.

P.T. est responsable de la sécurité des installations dans une usine de production de nouvelles semences de topinambour.

Au cours d'une conversation P.T. m'a déclaré qu'il avait été approché par des 'espions étrangers' – sans préciser leur nationalité. Puis il m'a demandé si moi-même je n'avais pas déjà subi de telles sollicitations.

'Vous me tendez un piège ? ' lui ai-je répondu. 'Pas du tout' m'a-t-il dit. 'Je ne doute pas de votre loyauté à l'égard de notre pays. Je voulais simplement vous prévenir. Au cas où ! '

Et sur ce, il est parti.

J'avoue que cet échange m'a perturbé. Penser qu'on ait pu envisager que je sois un traitre me rend triste et colère à la fois. Sachez que cette idée ne m'a jamais effleuré et que vous ne devez avoir aucun doute sur ma loyauté envers notre chère Patrie. En est-il de même de P.T. ? Je vous laisse le soin de vérifier par vous-même.

Votre dévoué, ...

– *Bien dit !* dit Paula.

– *Réponse du responsable de quartier,* dit Mihaï qui lit :

```
Monsieur. Je prends note de votre courrier
et transmets à nos services.
L'Officier Responsable de Quartier
```

– *C'est tout ?* demande Paula.

– *Non* répond Mihaï. *Il y a également une fiche de la StasiB.*

– *Lisez, Mihaï. S'il vous plait !*

Vous aviez raison de vous méfier. L'individu que vous suspectiez de trahison a adressé un courrier dans lequel il tente maladroitement de nier sa culpabilité dans les fuites d'informations que nous avons constatées dernièrement et de me les attribuer. Nous savons que ce genre de réaction constitue la preuve flagrante d'une félonie. Il est indubitablement un espion à la solde d'une puissance étrangère. Non seulement cet individu trahit notre Patrie, mais par cette pitoyable manœuvre il nargue notre Service de Propagation de la Vérité.

Je vous confirme que cet individu est plus que suspect ; il est coupable de haute trahison.

Je vous invite donc à appliquer le protocole habituel dans ce genre d'affaires : dans un premier temps il s'agira d'obtenir des aveux de sa part, (assez facile à mon avis) ensuite un repentir qu'il présentera en public et au cours duquel il demandera qu'au nom de la Patrie justice soit faite. Je me chargerai personnellement de la suite, à savoir son suicide accompagné d'une lettre d'aveu, ce qui constituera la preuve ultime de sa culpabilité.

P.T.

— *C'est une injustice. Mon grand-père n'a jamais trahi la Bordurie.*

— *Comment pouvez-vous en être sûre, Paula ?*

— *Je ne le sais pas ; je le sens. Je dois repartir là-bas, à son époque.*

— *Mais pourquoi faire, Paula ?*

– Je dois prévenir mes grands-parents du danger qui les guette.

– Vous ne pouvez-pas. Vous savez très bien qu'il est impossible d'intervenir sur le déroulement des événements du passé. Le passé est passé !

– C'est vrai ! Malheur ! Je ne peux rien faire pour eux ! Ils vont être accusés de trahison …

– Si ! Nous pouvons faire quelque chose !

– Dites-moi, Mihaï

– Faute de modifier le passé, nous pourrions en être témoins. Rendons-nous à Perd à cette époque, observons et rapportons ce qui s'est réellement passé, découvrons qui se cache sous les initiales P.T., rétablissons la vérité historique et réhabilitons vos grands-parents.

– Vous avez raison. Allons nous préparer pour notre futur voyage temporel.

Lucie, Docteur Thomas & Professeur Tagluc

– Lucie, la fiction rejoint l'Histoire et s'en inspire. L'injustice flagrante dont sont victimes les grands-parents dans le roman de Paula était monnaie courante il y a quelques décennies ici-même en Bordurie. Heureusement, cette barbarie a cessé. La Démocratie règne aujourd'hui.

– Pourquoi les grands-parents n'ont-ils pas été réhabilités depuis ?

– Parce que, malheureusement une très grande partie des archives de la Stasib qui étaient conservées à La Grande Bibliothèque ont brûlé.

– Mais pas toutes ! N'oubliez pas que Paula et Mihaï en ont dérobé lors de leur voyage temporel.

– Excusez-moi, Lucie, mais le vol des documents de la StasiB a lieu … dans le roman qu'écrit Paule. A ma connaissance, ce vol n'a pas eu lieu et les documents de la StasiB sont perdus définitivement. Qu'en pensez-vous Professeur ?

– Certes. Le roman a en effet été écrit sous l'influence des pilules de Mythose et de Créativose mais rien n'interdit de penser que certains des épisodes relatés ont réellement eu lieu.

– Professeur, se pourrait-il qu'il existe dans les Archives municipales des éléments de cette époque ?

– Avant d'être dissoute la StasiB a elle-même détruit les documents compromettant ses agents et ses cadres supérieurs, mais qui sait, peut-être qu'il en subsiste !

– L'incendie qui est évoqué dans le roman de Paule est une représentation fictionnelle de cet autodafé. Mais je me pose une question : Comment a-t-elle pu l'imaginer alors qu'elle n'a pas vécu cette période de notre Histoire ?

– J'ai une explication. Vous m'avez mis à contribution pour suggérer des pensées dans l'esprit de Paule via l'administration de Slipose. Or j'ai moi-même vécu cette époque sombre de l'Histoire de la Bordurie il se peut que, sans le vouloir et à mon insu, je lui ai télépathé des événements dont j'ai pu être témoin et qui sont enfouis dans ma mémoire.

– … des événements que vous auriez refoulés, oubliés mais toujours présents en vous ?

– Oui. Enfin peut-être.

– … des événements que vous auriez transmis inconsciemment à Paule. Si c'est le cas, dans le chapitre Sept, le prochain chapitre de son roman, nous pourrons certainement apprendre qui est le sinistre individu qui se cache sous les initiales de P.T., … et pour quelles raisons il commandite l'assassinat des grands-parents dans la première version du chapitre Six et les diffame et les conduit face à un tribunal dans la seconde version.

– Par intérêt, par jalousie, par vice, par méchanceté, par sadisme qui sait ! Il y a tant de passions tristes qui animent les hommes.

– Vous avez raison. Excusez-moi, Docteur, Lucy, j'ai un rendez-vous urgent … Je vous laisse … A très bientôt.

– Au revoir Professeur.

Paule

J'ai fait lire les six premiers chapitres à Mihaï. Au fait, je ne vous ai pas présenté Mihaï. Il est client de l'Hôtel Beau Rivage, comme moi. Je l'apprécie beaucoup et je crois qu'en retour il m'aime bien. Nous passons de bons moments ensemble, un peu moins ces derniers jours à cause de la rédaction de mon roman qui m'occupe beaucoup.

C'est pourquoi, pour me faire pardonner de l'avoir un peu négligé je lui ai donné les premiers chapitres à lire. Il les a lus d'une traite. Cela lui a fait plaisir de constater que je lui avais fait une place d'importance parmi les personnages.

'Je suis heureux de vous accompagner dans vos voyages spatio-temporels. J'espère que nous allons trouver la raison pour laquelle vos grands-parents ont été assassinés' m'a-t-il dit. Il prend très à cœur cette histoire peu ordinaire. *'Nous en sommes très proches'* lui ai-je répondu. *'Dans le prochain chapitre vous allez apprendre qui est ce mystérieux P.T.'*

Nous nous sommes installés sur la terrasse de l'Hôtel, à l'ombre d'un pin. Un air frais montait de la mer. Le bruit du ressac était ponctué par le cri des mouettes et les stridulations des cigales.

'Tenez' lui ai-je dit en lui tendant des feuilles manuscrites. *'C'est le chapitre Sept'*. Il a lu à haute voix :

Chapitre 7

– C'est le moment de vérité, Paula. Nous allons savoir qui a tué vos grands-parents. Mais n'oubliez pas : aucun sentiment personnel ne doit guider vos actes et vos paroles. Nous ne sommes pas là pour leur éviter la mort mais pour comprendre qui est à l'origine de leurs malheurs.

Nous allons nous faire passer pour des agents des Services Secrets. Je vous rappelle leur devise : 'Nous sommes le bouclier et le glaive de la Patrie. Froideur, Discipline et Efficacité telles sont nos qualités'. Il faudra s'en tenir là et la respecter, dit Mihaï. Sa voix résonne.

'C'est moi qui ouvre le chapitre ! Merci Paule, vous me faites beaucoup d'honneur', m'a-dit Mihaï.

'Si je peux me permettre, Mihaï, ce n'est pas vous, c'est le Mihaï du roman', lui ai-je répondu. *'Mais reprenez, s'il vous plait'*.

Sa voix résonne. Nous sommes dans un espace clos qui nous est maintenant familier : la cave du potier. La bougie posée sur la table basse livre sa lumière vacillante. Je m'approche de la porte qui donne sur l'escalier et nous montons.

– *Je vous attendais. Je vous demande un instant, le temps de me changer,* dit le potier en se tournant vers nous. Il quitte sa vareuse et enfile un qamis gris perle. *« Suivez-moi »*. Nous traversons la pièce et sortons de la boutique.

'Dites-moi Paule, est-ce que nos héros vont à nouveau traverser le souk de guide en guide jusqu'à la Grande Bibliothèque ?' demande Mihaï.

'Oui ! Ils suivent le protocole. Mais vous pouvez sauter quelques pages'. J'ai pris les feuilles des mains de Mihaï et ai tourné quelques pages.

'Tenez. Là, nous les retrouvons dans la salle de lecture de la Grande Bibliothèque. Vous pouvez poursuivre'. Mihaï reprend les feuilles et lit :

Paula tient un classeur. Sur la page de garde est écrit *'Officiers de la StasiB'*. Elle en tourne les pages et ...

– *Mon Dieu, Mihaï. Regardez !* dit Paula en fixant la liste. Son index pointe sur un nom.

– *Seigneur !* s'exclame Mihaï.

'On va enfin savoir qui est P.T.' dit Mihaï en se tournant vers moi.

Cela m'amusait de voir à quel point il se prenait au jeu. On aurait pu croire qu'il s'identifiait au Mihaï du roman. *'Patientez Mihaï'* lui ai-je répondu en lui reprenant les feuilles des mains. *'Il faut faire sentir la tension qui monte entre les deux personnages ...'*. *'Dites-moi, s'il vous plait Paule'* dit Mihaï visiblement impatient de connaître la suite du chapitre.

C'est à ce moment que le Professeur Pÿa Tagluc s'est approché de nous. *'Bonjour les amis'* nous a-t-il dit. *'J'avais l'intention de profiter de ce beau temps pour faire une promenade. Quelqu'un pour m'accompagner ?'*

'Mihaï, allez-y' ai-je répondu, *'Je reste là. J'achève le chapitre et vous lirez la suite à votre retour'*.

'Promis ?' m'a demandé Mihaï. *'Promis !'* lui ai-je répondu.

Le Professeur et Mihaï sont partis. Une heure plus tard, à peu près, le Professeur est revenu. Seul. *'Mihaï n'est pas avec vous ?'*. *'Non ! Il a préféré rester se baigner'*.

J'ai terminé le chapitre et suis rentrée à ma chambre sans avoir vu Mihaï remonter. *'Il lira la fin du chapitre demain'* me suis-je dit.

Attaque de requin en mer Karpiskienne

Le corps incomplet d'un homme, certainement victime d'une attaque de requin, a été découvert sur une des plages de Perd.

Une enquête rapide a permis d'identifier la victime. Il s'agit de Mihaï C., un patient de la clinique psychiatrique voisine, la 'Clinique Beau Rivage'. Il a été reconnu formellement par une infirmière et un médecin.

Cet établissement est connu pour ses pratiques résolument modernes. Il est en effet à la fois un lieu de soins pour les patients atteints de maladies neurologiques et psychiatriques, un centre de recherche et ... un hôtel. Il n'existe aucune distinction entre les clients de l'hôtel, les soignants, les membres du personnel hôtelier et les patients. Les contacts rapprochés entre individus 'sains d'esprit' et individus 'malades' sont à la base des traitements de ces derniers et reconnaissons-le, les résultats jusqu'alors ont été concluants. Un grand nombre de patients en ressortent régulièrement guéris et mènent une vie tout à fait normale.

Durant leur séjour à la Clinique Beau Rivage les patients sont libres d'aller et venir sans surveillance. Certains d'entre eux ont même l'autorisation de quitter les lieux pour se rendre en ville.

La victime, Mihaï C. avait l'habitude de se promener le long du rivage, quelques fois seul, quelques fois accompagné d'une amie, Paule C. ou du célèbre Professeur Pÿa T., client lui-même de l'hôtel. Quand le temps s'y prêtait il se baignait et pratiquait la plongée sous-marine. C'est lors d'une de ces séances que Mihaï C. a perdu la vie.

Les clients de l'hôtel, les patients et les membres du personnel de la Clinique sont affectés par la disparition de cet homme que chacun décrit comme une personne sensible et attachante. Une allocution funèbre sera prononcée dans la chapelle du Domaine demain à 18h suivie de la crémation du corps. Les cendres seront répandues en Mer Karpiskienne.

Lucie, Docteur Thomas & Professeur Pÿa Tagluc

– Docteur Thomas, à votre demande, avant la crémation j'ai pratiqué discrètement l'autopsie du corps de Mihaï C. Ce que nous pensions est avéré : il n'a pas été victime d'une attaque de requin. Les poumons n'étaient pas emplis d'eau salée, ce qui prouve que la mort précédait l'immersion dans la mer Karpiskienne. Le torse était lacéré de coups de couteau et les mutilations ont été provoquées ante-mortem. Mihaï a été torturé avant d'être tué. Il s'agit d'un crime particulièrement odieux et non d'un accident.

– Merci Professeur. Nous devons garder ces conclusions pour nous. Imaginez les conséquences pour notre établissement si les autorités apprenaient que c'est une de nos pensionnaires, une personne sous notre responsabilité, qui a commis ce crime.

– Une pensionnaire ? Pourquoi pas un client ou un membre du personnel ? Vous soupçonnez quelqu'un Docteur ?

– En effet Lucie. Nous soupçonnons Paule C.

– Paule C ?

– Professeur, dites ce que vous avez vu, s'il vous plait

– J'étais sur la terrasse. Paule écrivait, la suite de son roman je suppose, en compagnie de Mihaï. A un moment donné ils se sont levés et se sont dirigés vers la plage. Une heure plus tard Paule est revenue. Seule. Je me suis approché d'elle et je lui ai demandé *'Mihaï n'est pas avec vous ? '* et elle m'a répondu, visiblement émue *'Il a préféré rester se baigner'* et elle a ajouté *'Excusez-moi, mais j'ai du travail'*. Et elle s'est remise à son écriture. Je n'ai pas insisté et suis rentré.

– Mais, comment se fait-il, Docteur ? Pourquoi aurait-elle tué Mihaï ? Il était son ami.

– Lucie, nous devions la guérir du traumatisme qu'elle avait subi étant enfant. En faisant de ses grands-parents des héros, nous pensions que par un mécanisme de transfert psychanalytique elle sortirait de l'écriture d'un roman à la fois fière de ses propres grands-parents et l'esprit apaisé.

– Je sais cela Docteur

– Oui, mais voilà : c'est l'inverse qui s'est produit !

– Comment ça ?

– Elle a découvert que ses grands-parents ont été victimes d'une sombre machination. Elle n'a pas supporté l'injustice. Nous avons réveillé le monstre qui était en elle et qui jusqu'alors ne s'était pas manifesté. Paule est une dangereuse psychopathe. Sa pathologie était enfouie, refoulée mais en l'incitant à écrire un roman nous avons permis qu'elle s'exprime.

Le personnage de Paula, son alter ego, commet des crimes et n'est pas inquiétée. Dans *« Une taupe dans les topinambours »*, son premier 'pseudo-roman', elle fait assassiner Luca Patyg et Pat Cygalu, des responsables de l'EdB. Dans *« Une histoire s'achève, une autre commence »,* elle provoque un incendie dans le souk de Leu Nivo dans lequel vont périr un potier et un maroquinier …. Notez que dans chaque cas les crimes restent impunis. Cela a dû provoquer chez elle un double sentiment de puissance et d'invulnérabilité et l'a poussé à commettre ce crime atroce.

– Mais Mihaï était son ami. Comment a-t-elle pu faire cela !

– La vraie question n'est pas celle-là, mais plutôt qui sera le prochain ? Vous, Lucie ? Le Professeur Pÿa Tagluc ? Moi-même qui sait ! Il ne nous reste plus qu'une solution. Une solution radicale : un effacement complet de son esprit. Administrez la Razose !

– Mon Dieu, Docteur ! La Razose ... La pilule de l'oubli. Je ne pourrai pas ...

– Si vous voulez, Docteur Thomas, je peux m'en charger.

– Merci Professeur. Faites. Le plus vite sera le mieux.

Professeur Pÿa Tagluc

Ça y est.

J'ai récupéré les quelques documents de la StasiB qui subsistaient et je les ai détruits. Les membres qui en faisaient partie pourront dormir sur leurs deux oreilles. Il ne reste plus aucune trace de leurs exactions passées, hormis peut-être dans leur mémoire !

Les seuls qui pouvaient nous mettre en cause sont hors d'état de nuire. J'ai éliminé Mihaï et j'ai fait en sorte que Paule en soit responsable. La Razose que j'ai administrée à cette malheureuse l'a complètement déconnectée du monde. Elle a tout oublié de son passé.

Elle n'a pas eu le temps d'écrire le chapitre Sept de son roman. Heureusement pour moi …

Sur le ruban en tissu noué autour de mon poignet il y a écrit 'Paule'. Ce prénom est également gravé sur la plaque de la porte de ma chambre, au premier étage du Beau Rivage.

Entourée de livres et allongée sur le tapis de la chambre au milieu de laquelle pousse un saule pleureur, je contemple le ciel en écoutant les histoires muettes que le vent et les nuages veulent bien me raconter.

C'est dans ce silence intemporel que je suis. Mais suis-je ? Et si je suis, qui suis-je ! Suis-je Paule ?

'Paule', ce prénom ne m'évoque rien. Il resonne cependant comme la promesse d'une histoire, une histoire peu ordinaire qui reste à écrire.

Je crois que depuis toujours habite en moi ce besoin de savoir qui je suis et qu'il est temps aujourd'hui de prendre mon futur en mains. Librement. Et puisque rien n'est encore écrit, tout est possible. Je vais être, enfin plus précisément re-être, en fait, renaître.

Renaître est une chance et je vais faire en sorte de le mériter. « Deviens ce que tu es » m'a murmuré ma voix intérieure. Elle a ajouté :

« Sois une romancière. Tu vivras plusieurs vies, la tienne et celles de tes personnages. Tu te glisseras dans l'esprit de tes lecteurs, Tu feras partie de leur histoire. Tu vivras en eux. Tu seras multiple. Tu seras éternelle. Tu seras ».

Je vais l'écouter. Je serai romancière.

J'ai déjà choisi le titre de mon premier roman : « Une histoire peu ordinaire ». Ce sera un roman d'espionnage que, par sécurité, je publierai sous un pseudonyme. L'action se situera à Perd. Le personnage principal s'appellera Paule. Elle habitera au Beau Rivage et comme moi elle sera romancière,

Editions « Sources Claires »

Déjà parus

Puyg Tacal
 « La lubie de Lulu, l'ibis de Lybie »
 « Lully, le bel alibi de la belle Lulu »
 « Lesdits dix indices des douze doux hindous »
 « Comment soigner le bé-bégaiement en 22 leçons »

Pÿa Tagluc
 « La vérité sur l'affaire Yug Talpac »

Yug Talpac
 « La vérité sur l'affaire Pÿa Tagluc »

Guy Caplat
 « Les nouvelles identités remarquables »
  (Lauréat du Prix de la meilleure page 96)
 « La discordance des temps »
  (Lauréat du Prix de la meilleure page 51)
 « Une histoire peu ordinaire »

A paraître

Guy Caplat
 « Des nouvelles d'ici et d'ailleurs »

Ne paraîtra pas

Paule C.
 « L'affaire Topinambour »
 « Une taupe dans les topinambours »
 « Une histoire s'achève ; une autre commence »

Editions Source Claire
Achevé d'imprimer le 21/12/2112